AF393667

Für meine Schwester
und alle Geschwister dieser Welt

Carina Raedlein

Die Legenden des Wolkenreiches
Der Zwist der ungleichen Brüder

Bibliografische Information der Deutschen Nationalbibliothek:
Die Deutsche Nationalbibliothek verzeichnet diese Publikation in der Deutschen Nationalbibliografie; detaillierte bibliografische Daten sind im Internet über http://dnb.dnb.de abrufbar.

1. Auflage
© 2017 Carina Raedlein

Herstellung und Verlag:
BoD – Books on Demand, Norderstedt
ISBN: 9783743177703

Ich habe gehört, es gibt den Moment im Leben, an dem man seinen Bruder für ein paar Münzen verkaufen würde. Dieser Gedanke ist gerade in meinem Kopf zu einer echten Option herangereift.

Lenni

Prolog

Alles ist schwarz! Das ist mein einziger Gedanke. Ich schwimme in einem Ozean aus vollkommener Leere und Dunkelheit. In meinem Kopf höre ich nur das Echo einer Stimme, sie ruft leise meinen Namen, und das immer wieder. Würde sie doch nur endlich verstummen und das Dröhnen in meinem Schädel mitnehmen, das sich dort schleichend ausbreitet. Da erscheint ein Licht. Es beginnt erst ganz klein und wird schnell immer größer. Es blendet mich und trifft mich schließlich wie ein Fausthieb.

Ich sehe mich selbst an einem Strand stehen. Ich habe meinen Kopf in den Nacken gelegt und die Augen geschlossen. Auf meinem Gesicht liegt ein zufriedenes Lächeln, ich bin glücklich. Etwas entfernt erkenne ich ein Mädchen, es hat langes dunkles Haar, das in der Sonne tanzt, während sie fröhlich auf und ab springt. Ihre Augen sind eine Mischung aus hellem Braun und Grau. Sie schauen mich aufmerksam an. Ich kenne sie, doch ich weiß nicht woher. Diego hat sich gerade im Sand eingebuddelt, es guckt nur noch sein Schwanz heraus. Ich höre mein eigenes Lachen, als ich ihn aus dem kleinen Sandhügel herausziehe.

Das Mädchen kommt auf uns beide zu, ich schaffe es gerade noch, Diego auf meine Schulter zu setzen, bevor sie sich schwungvoll in meine Arme wirft. Sie streckt mir ihren Kopf entgegen, und wir küssen uns. Erst ganz vorsichtig und dann leidenschaftlicher. Dieser Moment zieht mich in meinen Körper zurück, die Bilder der letzten Stunden stürzen auf mich ein. Der Kampf mit Sandbarts Männern, die Prüfungen der Grotte, Lenni und seine Drohung und natürlich »Eva!«.

Ich reiße die Augen auf, während ihr Name immer noch von den Wänden widerhallt. Feuerbart beugt sich über mich und schaut mich besorgt an. Seine Lippen bewegen sich, er scheint irgendwas zu sagen, aber ich verstehe kein Wort. Meine Gedanken sind immer noch an diesem Strand, wie glücklich wir da wirkten. Doch hier, inmitten dieser kalten Steinwände, wirkt alles einfach nur erdrückend und furchtbar. Sie ist weg, das sind die Worte, die mir in den Kopf schleichen, sie kommen von der hintersten Ecke meines Gehirns nach vorne gekrochen und bringen eine große Leere in meiner Brust mit sich. Ich versuche mich auf Feuerbart zu konzentrieren, um endlich zu verstehen, was er mir sagt.

»Louis, was ist passiert? Wir haben überall nach ihr gesucht, und als wir zurückkamen, lagst du hier auf dem Boden, und Sandbarts Männer waren weg.« Feuerbarts Gesicht sieht so alt aus. Er scheint in den letzten Stunden um zehn Jahre gealtert zu sein, oder sah er schon immer so aus? Mein Gehirn schafft es nicht einen klaren Gedanken zu fassen.

»Lenni!« Das ist das einzige Wort, das ich irgendwie aus meinem Mund bekomme. Meine Stimme ist nur ein Krächzen. Wahrscheinlich sind das die Folgen von Lennis Angriff. Jedes Schlucken verursacht ein Brennen in meinem Hals.

»Komm, lass uns hier rausgehen. Wir fahren mit der Dragonfly los und versuchen Eva zu finden.« Feuerbart zieht mich an einer Hand auf die Füße. Doch ihr Name versetzt mir einen Stich. Lennis Worte schleichen durch mein Unterbewusstsein. *Ich weiß, wo sie ist. Mal sehen, wer sie zuerst findet. Das Spiel beginnt, Bruderherz.* Wir müssen sie auf jeden Fall vor ihm finden. Wir verlassen die schwarze Grotte und treten in die letzten warmen Sonnenstrahlen. Feuerbart und Steve stützen mich beim Laufen, da ich während der ersten Schritte mehrmals gestolpert bin.

Mein Körper ist einfach noch nicht im Hier und Jetzt angekommen.

Aber ich muss so schnell wie möglich wieder auf die Beine kommen, ich muss sie als erstes finden, ich will sie wieder bei mir haben. Ich will ihre Wärme zurück, und dafür bin ich bereit, alles zu geben.

1

Eva

Ich öffne die Augen und blicke auf die vertraute Umgebung meines Zimmers. Ich bin bei meiner Mutter zuhause, diese Woche ist sie dran. Die letzten zwei Wochen war ich bei meinem Vater, diese verrückte Idee hatte ich, als sie sich scheiden ließen. Ich wollte mich von keinem der beiden trennen, wahrscheinlich wollte ich eher keinen vor den Kopf stoßen. Ich strecke mich nochmal aus, bevor ich die Decke zurückschlage und aus dem Bett krabbele. Meine Gedanken kreisen um den seltsamen Traum von letzter Nacht. Alles wirkte so real und doch so verrückt. Ich war in einer ganz anderen Welt zwischen den Wolken, und dieser Junge, er war mir so vertraut. Das alles war einfach nur komisch, als wäre ich wirklich dort. Und doch verblasst nun die Erinnerung daran immer mehr, wie ein längst vergangener Traum. Ich schüttele den Kopf, um meine Gedanken zu sortieren. Heute ist wieder Schule, und wenn ich mich nicht beeile, komme ich zu spät zu Mila. Wir treffen uns immer an der alten Eisdiele, die ist zwei Straßen von der Schule entfernt, um den neusten Klatsch und Tratsch auszutauschen, bevor wir auf dem Schulhof allen anderen begegnen.

Ich kenne sie schon ewig, seit dem Kindergarten sind wir befreundet, und bis jetzt sind wir unzertrennlich. Ich putze mir schnell die Zähne und ziehe mich an. Als ich vor meinem großen Spiegel stehe, um ein letztes Mal mein Aussehen zu kontrollieren, fällt mein Blick auf die Kette, die ich um den Hals trage. Es ist ein grüner, herzförmiger Saphir, der von feinen goldenen Fäden gehalten wird. Das Amulett ist wunderschön und kommt mir unheimlich vertraut vor, als hätte es eine Bedeutung, doch ich kann mich nicht erinnern welche. Ich berühre es mit meinen Fingern, in der Hoffnung, dass die Gedanken klarer werden, doch es passiert nichts. Ich lasse meine Hand sinken und nehme meine Schultasche vom Schrank. Es ist Zeit loszugehen. Was auch immer diese Erinnerung ist, sie wird mir bestimmt irgendwann wieder einfallen. Das Haus ist leer, wie immer ist meine Mutter schon zur Arbeit gegangen. In der Küche liegt mein Frühstück. Sie hat mir ein Brötchen mit Marmelade geschmiert, ich genieße es, dass sie das immer noch macht, auch wenn ich eigentlich schon zu alt dafür bin. Ich packe es ein und verlasse das Haus.

Auf dem Weg zum Treffpunkt mit Mila schleichen sich immer wieder Bilder aus dem Traum in meinen Kopf. Dieser Louis, er war so vertraut, noch nie habe ich mich jemandem so nahe gefühlt. Und dieser Kuss … Ich bin so in Gedanken, dass ich fast die rote Ampel übersehe. Erst das Hupen des Autos lässt mich zusammenzucken und reißt mich zurück in die Realität. Der Mann hinter dem Steuer des schwarzen Wagens zeigt mir den Vogel und regt sich furchtbar über mein Verhalten auf. Außerdem brüllt er noch ein paar sehr unangemessene Worte. Dann braust er davon. Ich zittere am ganzen Körper, das hätte auch schiefgehen können. Ich warte, bis es grün wird und überquere die Straße. Vorne an der Ecke sehe ich Mila, ihre kurzen blonden Haare wehen leicht im Wind, und sie strahlt mich schon von fern an. Ihre blauen Augen sind umrandet von dicken schwarzen Linien; sie trägt viel zu viel Make-up für meinen Geschmack. Ich meine, die Jungs fahren voll auf sie ab, aber ich finde, mit etwas weniger sieht sie viel besser aus. Aber ich mische mich da nicht ein, wir haben vor einem halben Jahr ausgemacht, dass ich nichts darüber sage und sie mich im Gegenzug auch in Ruhe lässt, da ich mich so gut wie nie schminke. Als ich bei ihr angekommen bin, umarmen wir uns herzlich.

Das ist irgendwie unser Ding geworden. Ich finde es ganz schön, wir kennen uns einfach schon so lange, eigentlich ist sie für mich wie eine Schwester und nicht nur eine Freundin.

»Na, wie geht es deiner Mutter so? Hast du sie überhaupt zu Gesicht bekommen? Und was hast du am Wochenende noch so gemacht mit deinem Vater und der Stiefschlange?«

Da ist der altbekannte Redewasserfall. Sie zwinkert mir zu, als sie Silkes Spitznamen erwähnt. Silke ist die neue Freundin meines Vaters, und Mila hat sie so getauft. Sie lebt selbst bei ihrer Mutter und ihrem Stiefvater, der ist nicht immer so nett zu ihr. Allerdings muss ich sagen, dass sich Silke wirklich Mühe gibt. Ich denke, mir wäre es einfach lieber gewesen, wenn es mit meinen Eltern funktioniert hätte. »Meine Mutter habe ich nicht gesehen, und das Wochenende war ganz okay, nichts Besonderes. Und bei dir?« Ich weiß genau, dass sie mir irgendwas erzählen will, ich sehe es ihr an. Außerdem bin ich gerade nicht so gesprächig, die Gedanken an den Traum der letzten Nacht schleichen sich langsam wieder aus meinem Unterbewusstsein. »Okay, also, ich war am Samstag auf dieser Party von Steffen, die war der absolute Hammer! Es gab nicht nur Bier und gute Musik,

sondern auch noch einen echten Skandal!«
Meine Neugier ist geweckt, die Partys von
Steffen laufen meistens aus dem Ruder. Sie
sind schon legendär an unserer Schule.

»Du kennst doch Miriam, diese Kleine, Dürre,
Unscheinbare aus der D. Sie hat sich mit To-
bi, dem – nebenbei bemerkt – süßesten Typen aus der C, im Bad eingeschlossen. Sie
sollen da total rumgeknutscht haben und ge-
fummelt. Zumindest erzählt er das so rum. Da
wird bestimmt was Wahres dran sein, denn
wirklich angeben kann er damit ja eigentlich
nicht, wenn du mich fragst.« Mila schüttelt
verachtend den Kopf. Wirklich spannend finde
ich das jetzt nicht, wenn die zwei sich gefunden haben, ist das doch schön für sie. Natürlich würde ich mich nicht auf einer Party im
Bad einschließen, aber ich kann verstehen,
wie es ist, jemanden unbedingt küssen zu
wollen und nur darauf zu warten, dass er den
ersten Schritt macht. Sofort erscheint wieder
das Gesicht von diesem Louis aus meinem
Traum vor meinem geistigen Auge, und tausend Schmetterlinge tanzen in meinem
Bauch. Für ihn würde ich sogar diese Nicht-
im-Bad-Einschließen-Regel sausen lassen,
ich erschrecke selbst davor, welche Richtung
meine Gedanken nehmen. Doch es war ja nur
ein Traum, und dort ist alles erlaubt.

»Erde an Eva, alles klar bei dir?« Ich habe gar nicht bemerkt, dass wir schon vor dem Schulhof stehen. Mila sieht mich verwirrt an, ich versuche es mit einem Lächeln.

»Ja klar, ich habe nur über deine Story nachgedacht.« Nicht ganz gelogen wenigstens. Sie nickt kurz und hakt sich bei mir unter. Wir schlendern gemeinsam über den Schulhof und betreten die Schule. Ich habe keine Ahnung, ob ich es schaffe, mich auf den Unterricht zu konzentrieren, wenn sich ständig dieser Traum wieder von hinten an mich heranschleicht. Vielleicht lenkt mich aber auch der Alltagstrott ein bisschen davon ab. Mila begleitet mich noch zu meinem Raum, und wir verabschieden uns an der Tür. Ich habe jetzt erst mal Wirtschaft, und sie hat Kunst. Wir verabreden uns für die Pause auf dem Schulhof an unserer vertrauten kleinen Ecke im hinteren Teil. Sie liegt etwas abseits von dem Trubel. Dort können wir meistens ungestört reden. Ich schaue ihr noch einen Moment nach, bevor ich das Klassenzimmer betrete.

2

Louis

Der Tag neigt sich dem Ende zu, und wir kommen einfach nicht voran. Ich werde noch wahnsinnig. Das Schiff scheint sich extra langsam zu bewegen, um ehrlich zu sein fühlt es sich an, als ob es mich ärgern wollte. Wahrscheinlich ist es dagegen, dass wir sie erreichen. Oh Mann, ich werde verrückt. Jetzt bin ich schon sauer auf ein Schiff. Die Crew macht auch einen weiten Bogen um mich, seit ich wieder an Bord bin und meine alte Kraft zurückerlangt habe. Nur Steve und Feuerbart trauen sich an mich ran und reden mit mir. Im Moment bin ich nicht wirklich eine tolle Gesellschaft, selbst Diego hält Abstand. Wenn ich Eva nur schon wieder bei mir hätte, dann wäre alles gut. Die Angst um sie droht mich zu ersticken. Ich kann weder schlafen noch essen. Der Druck auf meiner Brust ist zu schmerzhaft und fordert meine volle Aufmerksamkeit. Selbst das Nähen der Fleischwunde an meinem Arm konnte mich nicht ablenken. Meine Gedanken kreisen nur um sie und Lenni.

Wenn er ihr etwas antut? Dann werde ich ihn finden und … Ich balle meine Hände zu Fäusten und atme tief durch. Diese Gedanken bringen mich kein Stück weiter, und irgendwie machen sie mir Angst.

»Kann dieses blöde Schiff nicht etwas schneller fahren?« Der Schrei tut mir gut und nimmt wenigstens die Aggressionen mit sich. Ein Tag, nur noch ein Tag, dann sind wir endlich bei ihr zu Hause, dann sehe ich sie wieder.

»Louis, kommst du etwas essen?« Feuerbart steht neben mir. Meine Hände krallen sich in das Holz der Reling, als ich sie jetzt löse, tut es furchtbar weh. Die Zeit vergeht für mich nur noch in einem trüben Nebel. Das kommt sicherlich von dem Schlafentzug. Seit ich in der Grotte wieder zu mir gekommen bin, habe ich kein Auge zugemacht.

»Louis?« Feuerbart räuspert sich neben mir und legt seine Hand auf meine Schulter. Ich zucke zusammen und schaue ihn entsetzt an. Ich weiß gar nicht, warum ich so wütend bin, aber ich kann es nicht steuern, es ist, als hätten sich alle meine Gefühle selbstständig gemacht. »Nein, ich will nichts essen! Ich will, dass wir jetzt endlich ankommen!«, blaffe ich ihn an. Wie gesagt, ich will das eigentlich gar nicht, doch ich kann mich nicht bremsen.

In seinen Augen kann ich erkennen, dass er versucht sich zu beherrschen. Unter normalen Umständen hätte er mir für diese Frechheit wahrscheinlich den Kopf gewaschen. Doch er hat Mitleid mit mir, was mich nur noch wütender macht. »Lass mich einfach in Ruhe und sorg dafür, dass wir endlich ankommen.« Ich wende mich von ihm ab, doch ich bemerke noch im Augenwinkel seinen traurigen Blick. Sofort spüre ich einen erneuten Stich im Herzen. Ich will ihn nicht verletzen, doch im Moment kann ich einfach nicht anders. Er seufzt laut und geht dann davon. Schon bin ich wieder alleine mit dem wirren Strudel meiner Gedanken und dem unaufhaltsam näherkommenden Wahnsinn. Ich starre auf die Wolken in der Ferne, die Sonne hat mich mittlerweile auch verlassen. Ihre letzten Strahlen tauchen den Horizont in verschiedene Rottöne. In der Ferne erkenne ich eine Person, sie kommt schnell näher, indem sie über die Wolken hüpft. Das geht doch gar nicht! Ich schüttele den Kopf und blinzele mehrmals, um meine Sicht zu schärfen. Meine Augen müssen mir einen Streich spielen. Als ein Gesicht plötzlich direkt vor meiner Nase stoppt, stolpere ich mehrere Schritte rückwärts und lande auf meinem Hintern. Mit offenem Mund sehe ich in das Gesicht von Pietie. Er steht außerhalb der Reling und starrt mich an.

Ich versuche mich zu konzentrieren, um die Verbindung zwischen meinem Kopf und meinem Mund wiederherzustellen.

»Wa... was?«, ist das Einzige, das ich stottern kann. In diesem Moment geht Pietie einen Schritt vorwärts und betritt das Deck der Dragonfly. Er läuft einfach durch die Reling hindurch. Ich schließe ganz fest die Augen, das kann doch nur eine Halluzination sein. Ich öffne sie wieder und erschrecke fast zu Tode, weil Pieties Gesicht direkt vor meinem ist, unsere Nasenspitzen berühren sich. Ich rutsche ein paar Meter nach hinten und spüre schließlich den Mast in meinem Rücken.

»Hallo Lou, es ist schön, dich wiederzusehen. Hast du mich vermisst?« Er sagt das mit so einer Überzeugung und Freude in der Stimme, dass mir die Kinnlade runterklappt. Er ist hier, und er spricht sogar. Jetzt bin ich offiziell verrückt!

»Du bist tot!« Ich spreche mehr mit mir selbst als mit meinem Gegenüber. »Wie? Ich meine warum ... äh ... was machst du hier?« Ich bin nicht in der Lage, klare Worte zu äußern, das alles ist zu viel für mich. Ich bin vollkommen durcheinander. Er lächelt mich an und schaut sich dann an Deck um. Doch wir sind alleine, außer mir sind alle beim Essen. Schließlich dreht er sich wieder mir zu.

»Ich bin nur wegen dir hier, Lou. Ich soll dir etwas sagen, und dann darf ich endlich Ruhe finden. Sie haben das Gefühl, ich könnte dir diese Nachricht am besten überbringen. Keine Ahnung wieso, aber ich will endlich hier weg, weißt du?« Er sagt das ganz ruhig und ehrfürchtig. Doch ich verstehe nur Bahnhof. »Wer sind die? Was sollst du mir sagen?« Mein ganzer Körper kribbelt. Es ist nicht angenehm, eher so, als würde gleich etwas Furchtbares passieren.

»Ich soll dir sagen, dass du sie nicht finden wirst. Also da, wo du sie suchen willst. Sie sagten:

Das Mädchen kommt erst dann zurück, wenn er erfüllt sein wahres Glück. Die Legenden musst du suchen gehen, die passen zu dir, dann wirst du es sehen. Dein Schicksal in der Wolkenwelt ist größer, als du dir vorgestellt. Erst wenn du dein Schicksal anerkannt, wird sie dein sein, und ihr lebt Hand in Hand.

Somit habe ich meine Aufgabe erfüllt. Ich wünsche dir wirklich, dass du es schaffst, Lou. Ach, noch etwas. Kannst du Feuerbart bitte ausrichten, dass es mir leid tut? Ich wollte ihn nicht enttäuschen, und er war mir wirklich wichtig. Vielleicht sehe ich ihn ja irgendwann wieder, und wir können uns versöhnen.«

In seinen Augen glitzern die Tränen. In meinem Hals bildet sich ein dicker Kloß. Langsam beginnt Pietie sich aufzulösen, doch in meinem Kopf sind noch zu viele offene Fragen.

»Wer sind die?«, versuche ich ihm noch nachzurufen, obwohl ich schon nicht mehr auf eine Antwort hoffe. »Sie sagen, dass du das selbst herausfinden musst. Viel Glück, Lou, und gib nie die Hoffnung auf.« Dann ist er verschwunden, und ich starre in die Leere. Ist das gerade wirklich passiert, oder spielt mir mein Gehirn einen Streich, weil ich so lange nicht mehr geschlafen habe? Ich stemme mich an dem Mast nach oben. Feuerbart muss es erfahren, und außerdem will ich Pietie den Gefallen tun, ihm die Nachricht auszurichten. Ich schwanke, während ich mich in Richtung Speisesaal begebe. Mehr als vierundzwanzig Stunden ohne Essen und Schlaf machen sich jetzt doch bemerkbar. Ich fühle mich wie einer dieser Betrunkenen auf dem Marktplatz in Piemont. Bestimmt sehe ich von außen genauso aus. Es dauert unheimlich lang, den Gang entlang zu stolpern, da ich mich dabei mehrmals an der Wand abstützen muss. Nach einer gefühlten Ewigkeit stehe ich vor der Tür zum Speisesaal. Ich reiße sie auf und stürze hinein.

Sofort verstummt die Geräuschkulisse im Raum, und alle starren mich an. Ich muss wirklich furchtbar aussehen, in allen Gesichtern sehe ich aufrichtiges Mitleid. Das macht mich noch irre! Mit einem tiefen Atemzug unterdrücke ich die Wut und sehe mich nach Feuerbart um. Er sitzt auf seinem gewohnten Platz am hinteren Ende des Tisches. In seinen Augen erkenne ich Misstrauen.

»Ich muss mit dir reden!«, murmele ich, und Feuerbart nickt. Langsam steht er von seinem Platz auf und kommt zu mir rüber. »Lass uns in mein Zimmer gehen«, flüstert er mir zu, als er mich schließlich erreicht hat. Er schiebt mich vor sich durch die Tür und den Gang entlang. Als die Tür zum Speisesaal ins Schloss fällt, höre ich die anderen aufgeregt flüstern. Ich muss den Drang unterdrücken, zurückzugehen und sie anzuschreien. Es wäre falsch, sie können schließlich auch nichts für diese Situation, aber ich bin einfach sauer auf alles und jeden. Feuerbart öffnet die Tür zu seiner Kajüte und macht einen Schritt zur Seite, damit ich hindurchgehen kann. Ich lasse mich direkt in den Sessel am Schreibtisch fallen und beobachte Feuerbart, wie er langsam um seinen Schreibtisch herumgeht und ebenfalls Platz nimmt. Dann schaut er mich fragend an.

»Ich habe mit Pietie gesprochen!« Ich sage es ganz langsam, nicht, weil ich glaube, er würde mich sonst nicht verstehen, sondern weil ich es einfach selbst noch nicht glauben kann. Doch in seinem Gesicht erkenne ich keine Regung, weder Zweifel noch Spott. Er scheint mir wirklich zu glauben. Oder er weiß mehr darüber.

»Was wollte er von dir?« Seine Frage bestätigt meine Vermutung, er ist kein bisschen überrascht. Was mich ehrlich gesagt nur noch mehr verwirrt. Warum erzählt er mir solche Sachen nicht? Vermutlich hätte ich es sowieso nicht geglaubt. Ich habe es vor ein paar Minuten mit eigenen Augen gesehen, und glaube es ja jetzt noch nicht.

»Er sollte mir von irgendjemandem etwas ausrichten. Sie haben ihn geschickt, um mir zu sagen: *Das Mädchen kommt erst dann zurück, wenn er erfüllt sein wahres Glück. Die Legenden musst du suchen gehen, die passen zu dir, dann wirst du es sehen. Dein Schicksal in der Wolkenwelt ist größer, als du dir vorgestellt. Erst wenn du dein Schicksal anerkannt, wird sie dein sein, und ihr lebt Hand in Hand.* Ich weiß nicht, was ich damit anfangen soll. Also wollte ich mit dir darüber reden.« Feuerbart sieht mich aufmerksam an.

Er scheint darüber nachzudenken, was er mir sagen soll – oder kann. »Ich denke, wir müssen die Legende finden, die zu dir passt«, murmelt er, mehr zu sich als zu mir. Er ist aufgestanden und läuft nun hinter seinem Schreibtisch von links nach rechts und reibt sich dabei nachdenklich seinen Bart.

»Feuerbart, was hat das alles zu bedeuten? Rede mit mir, bitte.« Meine Worte sind nur noch ein leises Flehen. Die Müdigkeit trifft mich mit voller Wucht, all die Geheimnisse und die vielen Fragen strengen mich zu sehr an. Ich will jetzt endlich Antworten.

»Ich denke, du weißt, was das bedeutet. Du kannst nur keinen klaren Gedanken mehr fassen, da du es vorziehst, als Gruselgestalt durch die Welt zu ziehen. Du siehst furchtbar aus, und du brauchst dringend Schlaf. Dann kannst du auch wieder klarer sehen. Leg dich ein paar Stunden hin, und wir besprechen das Ganze nochmal später. Bis dahin werde ich ein paar Sachen nachlesen. Vielleicht habe ich dann schon ein paar Antworten für dich.« Er sieht mich freundlich an, und ich muss sagen, dass das Wort »Schlafen« in mir ein kleines Hochgefühl auslöst. Ich muss mich wirklich ausruhen.

Wenn Eva mich so sieht, rennt sie wahrscheinlich eher schreiend weg, anstatt mir in die Arme zu laufen. Ich nicke und stehe von dem Sessel auf. An der Tür halte ich einen Moment inne, als mir die Bitte von Pietie wieder in den Sinn kommt. Ich drehe mich nochmal zu Feuerbart um.

»Pietie hat mich gebeten, dir zu sagen, dass es ihm leid tut, was passiert ist. Er wollte dich nicht enttäuschen, und du warst ihm wirklich wichtig. Er hofft, dass ihr euch irgendwann wieder versöhnen könnt.« Feuerbart nickt leicht. Pieties Worte treffen ihn sichtlich, doch ich will ihn darüber nicht ausquetschen. Nicht jetzt, wo in meinem Kopf sowieso nur noch Matsch zu sein scheint. Ich verlasse Feuerbarts Kajüte und durchquere den schmalen Flur zu meinem Zimmer. Die Tür steht offen, als ich sie erreiche. Ich habe sie extra für Diego offen gelassen, damit er rein und raus kann, wann er will. Im Moment scheint er irgendwo unterwegs zu sein. Das Zimmer ist leer. Ich werfe mich auf mein Bett und schließe die Augen. Binnen Sekunden sinke ich in einen tiefen, traumlosen Schlaf.

3

Als ich die Augen öffne, steht die Sonne schon an ihrem höchsten Punkt. Die Strahlen erhellen mein Zimmer und tauchen es in sanftes Licht. Ich fühle mich erholt und strecke mich erst mal ausgiebig. Diego hat sich neben mir auf dem Kissen eingerollt und schaut mich aufmerksam an. Langsam strecke ich eine Hand nach ihm aus und kraule ihn am Kopf. Sofort lässt er seine Zunge aus dem Maul hängen und wedelt mit seinem Schwanz. »Ja, mein Kleiner, ich hab dich auch vermisst.« Ich atme nochmal tief durch, dann schwinge ich mich aus dem Bett. Diego schwebt auf seinen Stammplatz, und ich mache mich auf die Suche nach Feuerbart, um herauszufinden, was er in Erfahrung gebracht hat. Außerdem müssten wir bald bei Evas Haus ankommen. Es ist wirklich Wahnsinn, was so eine Mütze Schlaf alles bewirken kann. Ich kann nicht nur klarer denken, sondern auch meine Stimmung ist wieder etwas zuversichtlicher. Ich betrete Feuerbarts Kajüte durch die offene Tür. Schon vom Flur konnte ich hören, dass er sich mit jemandem leise unterhält. Jetzt kann ich auch sehen, dass es Steve ist.

Als ich den Raum betrete, verstummen sie beide und schauen mich überrascht an.

»Louis, ich dachte, du würdest noch länger schlafen. Schön, dich wieder etwas ausgeruhter zu sehen. Du siehst auf jeden Fall besser aus als gestern Abend.« Den letzten Satz flüstert er mir ins Ohr und schlägt mir freundschaftlich auf die Schulter. Ich lächele ihn an, noch ein Beweis dafür, dass ich meine Gefühle wieder besser kontrollieren kann. »Schee, das et dir besser geht, Lou. Allet andere kriegn wir schon hin.« Steve lächelt mich aufmunternd an. Genug jetzt mit dieser Gefühlsduselei, langsam wird mir das hier ziemlich unbehaglich. »Okay, was hast du rausgefunden, Feuerbart? Erzähl mir bitte etwas Positives.« Ich setze mich wieder auf den Sessel und beobachte ihn, wie er zurück an seinen Schreibtisch geht. Steve stellt sich direkt neben mich und legt eine Hand auf meine Schulter. Irgendwie gibt mir das das Gefühl, als seien es keine guten Neuigkeiten, die hier auf mich warten. »Ich muss dir leider sagen, das ich in den Aufzeichnungen, die hier sind, nichts gefunden habe, das zu dir passen könnte. Wir müssen uns wohl in Piemont im Archiv umsehen. Aber ich habe auch eine gute Neuigkeit. In den nächsten Minuten kommen wir zu Evas Haus, und du kannst nach unten.«

In seinen Worten schwingt Hoffnung mit. Es scheint, als wünschte er sich gerade genauso sehr wie ich, dass sie da unten ist. Damit dieser ganze Spuk hier endlich ein Ende hat. In diesem Moment erwacht der Lautsprecher an der Wand knisternd zum Leben. »Käpt'n, wir sind da!« Karls Stimme wird wieder durch das Rauschen abgelöst, dann ist es still. Für einen Moment scheint die Zeit angehalten, ich kann mich nicht bewegen, und auch Feuerbart und Steve stehen einfach nur da. Durch meinen Kopf schießen in Rekordgeschwindigkeit die verrücktesten Szenarien. Was passiert, wenn sie da ist? Wird dann alles gut? Was ist, wenn Lenni schneller war und schon hier ist? Was mache ich, wenn sie nicht da ist? Im Grunde erfahre ich es nur, wenn ich jetzt von diesem Sessel aufstehe und nach unten gehe, um nachzusehen. Ich springe auf und verlasse fluchtartig den Raum, um an Deck zu kommen. Dort holen mich Feuerbart und Steve wieder ein.

»Ich will alleine gehen!« Überrascht lausche ich meinen eigenen Worten. Da hat sich mein Mund wohl wieder selbstständig gemacht. In meinem Kopf herrscht nämlich noch eine Pro- und-Kontra-Debatte darüber, was passiert, wenn ich alleine gehe.

Doch Feuerbart nickt, und der Rest von mir muss sich wohl meinem vorlauten Mundwerk fügen. Ich nehme mir eines der Wolkenseile und gehe ein paar Schritte rückwärts in Richtung Mast. Ich spüre Diegos kleine Krallen, die sich leicht in meine Schulter bohren. »Wenn du da unten bist und alles in Ordnung ist, dann zieh einmal kräftig am Seil. Wenn du nach zehn Minuten nicht gezogen hast, komme ich nach.« Feuerbart sieht mich eindringlich an. Ich nicke, denn es scheint mir eine gute Idee zu sein. Falls da unten Lenni oder Sandbart warten, bin ich mir nicht sicher, ob ich es alleine mit ihnen aufnehmen kann.

»Okay, Lou, du kannst. Das Seil ist festgemacht«, ruft mir Ron von der Reling aus zu. Ich atme noch einmal tief durch und fange dann an zu rennen. So schnell ich kann, lege ich den Weg vom Mast zur Reling zurück. Dort befindet sich jetzt eine kleine Lücke, da wird sonst die Holzplanke befestigt. Als ich am Rand angekommen bin, stoße ich mich fest vom Boden ab und springe in die Wolken. Ich liebe das Gefühl absoluter Freiheit und die kurze Illusion zu fliegen. Doch wenn man durch die Wolkengrenze hindurchgestoßen ist, gleicht es mehr einem Sturzflug in bahnbrechender Geschwindigkeit Richtung Erde.

Es ist trotz allem der Wahnsinn, wenn der Wind mir entgegenpeitscht und ich immer schneller werde. Etwa hundert Meter vor einem potenziellen Aufschlag stoppt mich das Seil. Es zieht mich wieder ein Stück nach oben, um die Geschwindigkeit auszugleichen. Sonst würde es mir wahrscheinlich die Arme ausreißen. Durch den Gegenwind muss ich meine Augen schließen. Nach kurzer Zeit spüre ich festen Boden unter den Füßen. Ich öffne die Augen, um mich umzusehen. Diego schwebt ein paar Meter vor mir, doch sonst ist hier nichts. Ich stehe auf einer kargen Einöde. Hier ist gar nichts, nur Erde und ein paar vereinzelte Sträucher sind zu sehen. Kein Garten, kein Haus und keine Eva. Ich löse meine Hände von dem Seil, und es schnellt sofort wieder nach oben. Ich stolpere ein paar Schritte vorwärts und rufe ihren Namen, nur um sicherzugehen, dass sie wirklich nicht da ist. Dann sinke ich auf die Knie, als mich die Verzweiflung von hinten trifft wie ein Messer im Rücken. Sie ist weg, alles ist weg. »Was zum Donner ist hier los?« Meine Stimme verschwindet in der Umgebung. »Ich habe es dir doch gesagt, Lou. Sie wollen, dass du erst dein Schicksal erfüllst, bevor du sie wiedersehen kannst!« Pieties Stimme erscheint plötzlich vor mir, und ich blinzele zu ihm hoch.

»Warum? Was soll das Ganze? Ich will sie zurückhaben, jetzt sofort!«, brülle ich ihm entgegen. Der Zorn steigt in mir auf. »Was fällt denen ein, mich so zu behandeln? Die haben kein Recht, sie mir wegzunehmen.«

»Du musst dich wohl oder übel an ihre Regeln halten, Lou. Ich sehe keine Möglichkeit für dich, sie zu umgehen. Aber ich weiß, dass du es schaffst. Ich glaube an dich, und du hast starke Verbündete. Sie werden dich auf deinem Weg unterstützen.« Pieties letzten Worte werden von einem Knirschen hinter mir begleitet. Ich sehe über meine Schulter und entdecke Feuerbart, der ein paar Meter hinter mir gerade auf der Erde landet. Er schaut an mir vorbei und starrt Pietie an. Ich drehe meinen Kopf wieder ihm zu, doch er verblasst schon langsam. Ich erkenne noch ein Nicken und ein Lächeln, doch das gilt Feuerbart und nicht mir. »Piemont« ist das letzte Wort, das die Umgebung erfüllt, bevor er ganz verschwunden ist. Toll, ich habe im Moment wirklich keine Lust auf diese Spielchen. Doch ich bezweifle, dass ich Eva jemals wiedersehe, wenn ich mich jetzt weigere. Diese Leute, wer auch immer sie sind, scheinen außerordentliche Fähigkeiten zu besitzen, wenn sie ein ganzes Haus einfach verschwinden lassen können.

Ich spüre Feuerbarts Hand auf meiner Schulter, er drückt sie leicht. Jetzt scheint auch er mal sprachlos, für das Ganze hier hat er bestimmt auch keine Erklärung.

»Lass uns gehen, Louis. Vielleicht finden wir in Piemont wirklich die Antworten, die wir suchen.« Feuerbart spricht ganz ruhig, und trotzdem höre ich ein wenig Verwirrung in seiner Stimme. Er scheint also wirklich überrascht zu sein von dieser ganzen Situation. Ich stehe langsam auf und drehe mich zu ihm. Er legt beide Hände auf meine Schultern und schaut mir in die Augen. »Wir werden sie finden und herausbekommen, was hier vor sich geht. Louis, du bist nicht alleine. Ich werde dir helfen, bei allem, was vor dir liegt.« Sein Blick ist aufrichtig und ehrlich. Falls ich je daran gezweifelt habe, dass er für mich da ist, jetzt bin ich mir sicher, das er alles möglich machen wird, um mich zu unterstützen. Ich nicke, mehr bekomme ich nicht zustande. Wenn ich jetzt spreche, übermannen mich meine Angst und meine Verzweiflung. Ich kann es mir nicht leisten, wieder in diesen Strudel zurückzusinken, in dem ich die letzten Tage verbracht habe. Um mich auf diese Sache hier einlassen zu können, brauche ich einen klaren Kopf.

Feuerbarts Pfiff ertönt schrill neben mir, und Diego nimmt wieder auf meiner Schulter Platz. Ich schaue in den Himmel und warte auf die zwei Seile, die sich langsam herunterschlängeln. Jeder von uns ergreift eines, und wir werden in die Höhe gezogen, weg von dieser Einöde und zurück zur Dragonfly. Als ich auf dem Deck lande, ist Feuerbart schon dabei, Anweisungen zu geben. Die Crew verteilt sich wie ein Haufen aufgeschreckter Ameisen, und nach kurzer Zeit sind die Segel gehisst mit Kurs auf Fort Piemont. Nach mehreren glücklosen Versuchen, Knoten zu machen, gebe ich auf. Ich bin wahrscheinlich keine große Hilfe. Also stelle ich mich einfach ganz vorne an die Reling. Die Libelle strahlt im Sonnenlicht, und ich schaue einfach stur auf die Wolken und den Himmel, in der Hoffnung, dass Piemont am Horizont erscheint und ich endlich ein paar Antworten bekomme. Genau da stehe ich auch, als die Sonne schon längst vom Mond abgelöst wurde. »Willst du etwas essen, Louis?«, ertönt Feuerbarts Stimme hinter mir. Als ich mich ihm zuwende, sehe ich zwei Teller in seiner Hand, auf ihnen liegen Sandwiches, und er lächelt mich freundlich an. Ich gehe auf ihn zu und nehme einen entgegen.

»Was ist aus dem gemeinsamen Essen mit der Crew geworden?«, frage ich, während wir auf den Fässern Platz nehmen, die an der Reling stehen. »Ich dachte, unter diesen Umständen fahren wir weiter, und jeder isst abwechselnd.« Er sieht mich von der Seite an, und ich beiße in mein Sandwich. Es ist wirklich lecker, Steve hat Flugente und seine Spezialsoße draufgemacht.

Er hat mir nie verraten, was da drin ist, doch sie schmeckt fruchtig und ein bisschen scharf, einfach sehr gut. Nach kurzer Zeit habe ich mein Sandwich aufgegessen, und Feuerbart hat seinen Teller auch geleert. Ich lehne mich mit dem Rücken gegen die Reling und schaue ihn von der Seite an. Mir kommt der Gedanke, dass er einem Vater wohl am nächsten kommt. Er war immer für mich da und hat mich unterstützt. Ich kann froh sein, dass ich ihn habe. Er schaut mich an, als er merkt, dass ich ihn beobachte, und ich schaue schnell weg. Es ist mir irgendwie peinlich, es ihm zu sagen, ich hoffe einfach, dass er weiß, wie wichtig er mir ist. Vielleicht gibt es irgendwann die Gelegenheit, es ihm zu sagen. »Alles okay mit dir?« fragt er mich schließlich. »Wegen dem, was da unten passiert ist, meine ich.« »Ja, ich denke schon. Ich wünschte nur, es wäre nicht so verwirrend und kompliziert«, antworte ich leise.

»Ich verstehe, was du meinst. Pietie zu sehen, war auch für mich eine echte Überraschung.

Ich habe zwar mal davon gelesen, dass Tote manchmal Menschen erschienen sind, im Wolkenreich, aber es selbst zu erleben, ist doch etwas ganz anderes. Ich meine, es macht einem schon erst mal Gänsehaut. Er wirkte so real, als wäre er wirklich da, und dann löst er sich einfach in Nichts auf. Irgendwie unheimlich.« Feuerbart erschaudert ein bisschen und schüttelt dann den Kopf. »Ja, das war beim ersten Mal auch für mich überraschend.« Feuerbart fängt an zu lachen, und ich kann nicht anders als einzustimmen. Es ist wirklich befreiend und nimmt mir ein wenig den Druck in der Brust. Von da an vergehen die Stunden wie im Flug, und bald kann ich Fort Piemont wirklich am Horizont entdecken. Nur noch ein paar Stunden, dann kommen wir an, und ich bekomme endlich meine Antworten.

4

Die Stadt wird langsam immer größer. Ich kann die Häuser am Hafen schon erkennen und sehen, wie die vielen Menschen hin- und herlaufen. Von hier aus wirken sie wie ein Haufen unkontrollierbarer Insekten. Langsam laufen wir in den Hafen ein, ich versuche mich zu beherrschen und nicht gleich vom Schiff zu springen und zu den Archiven zu laufen. Ich habe Feuerbart versprochen, dass wir zusammen gehen und Nachforschungen anstellen. Im Moment frage ich mich allerdings, warum ich mich darauf eingelassen habe. Natürlich freue ich mich über seine Hilfe, zusammen sind wir sicherlich schneller, und er kennt die Legenden besser als ich. Doch die Warterei bringt mich noch um. Endlich kommt die Dragonfly zum Stehen, und ich helfe, die Segel einzuholen. Als sie alle eingeholt sind, schaue ich mich an Deck um und sehe Feuerbart an der Holzplanke stehen, die vom Schiff herunterführt. Er gibt noch ein paar letzte Anweisungen an die Crew. Er hat mir gestern erzählt, dass er die Dragonfly so schnell wie möglich wieder fertig beladen haben möchte, für den Fall, dass wir etwas herausfinden und wieder losmüssen.

Ich bin ihm wirklich dankbar für seinen Einsatz. Ich muss dran denken, mich bei ihm nach der ganzen Geschichte zu bedanken. »Los Louis, wir gehen«, ruft er mir zu, als er fertig ist und die Crew sich an die Arbeit macht. Ich schließe zu ihm auf, als er schon am Ende des Steges angekommen ist, der zum Hafen führt. Er hat wirklich einen schnellen Gang drauf. Ich versuche mit ihm Schritt zu halten, doch wenn er einen Schritt macht, brauche ich zwei, somit muss ich eher neben ihm herrennen. Nach kurzer Zeit haben wir den Marktplatz erreicht. Der ist überfüllt mit Menschen, und wir schlängeln uns durch die Menge. Ich remple mehrere Leute an und murmle jedes Mal eine leise Entschuldigung. Als wir es durch die Massen geschafft haben, legen wir den Rest des Weges im Laufschritt zurück. Schließlich stehen wir am unteren Ende der Steinstufen, die zum Eingang des Archivs führen. Ich muss erst mal Luft holen, bevor ich weitergehe. Feuerbart ist wirklich schnell, ihm sieht man überhaupt nicht an, dass er gerannt ist, er atmet ganz ruhig, und ich schnaufe wie nach einem Hundert-Meter-Sprint. Langsam geht er die Stufen nach oben, und ich folge ihm. Mit einem festen Ruck öffnet er die Tür und lässt mich vorangehen. Hier hat sich nichts verändert.

Die Sonnenstrahlen zaubern wieder das altbekannte Blumenmuster auf den kargen
Steinboden, und Lilly strahlt uns vom Empfang am hinteren Ende des Raumes zu.

»Hallo Lilly, es ist eine Freude, dich wiederzusehen«, begrüßt Feuerbart sie freundlich, und
das Strahlen in ihrem Gesicht wird noch größer. »Es freut mich auch, dich wiederzusehen, Rob, es ist wirklich schon lange her. Hallo Louis.« Ich schaue sie ganz verdutzt an.
Rob? Wer soll das denn sein? Mein Blick
wandert von ihr zu Feuerbart, der sie immer
noch freundlich anlächelt. Er bemerkt meinen
Blick und fängt an zu lachen. »Hast du gedacht, mein Name sei schon immer Kapitän
Feuerbart gewesen? Den Spitznamen bekam
ich erst nach vielen Jahren. Mein richtiger
Name ist Rob.« Nachdem er das gesagt hat,
lacht er einfach weiter, und Lilly stimmt mit
ein. Ich schaue ihn immer noch völlig verwirrt
an. Ich habe nie darüber nachgedacht, dass
er einen anderen Namen haben könnte. Doch
jetzt, wo er das so gesagt hat, ergibt es natürlich Sinn. Ich muss über meine eigene
Dummheit lachen. »Wir müssten uns die Legenden anschauen, meine Liebe. Wir suchen
welche, die mit einem Jungen zu tun haben.
Es wäre toll, wenn du uns alle, die darauf
passen, raussuchen könntest.«

Lilly hört ihm aufmerksam zu und macht sich dann auf den Weg zu einem großen, schwarzen Kasten, der hinter ihr steht. Sie legt ihre Hand in die untere rechte Ecke, und ein Bildschirm erwacht zum Leben. Das muss eines dieser elektronischen Suchprogramme regionaler Erzählungen und Schriften, kurz SUP.R.E.S sein. Davon hat mir Lilly bei meinen ersten Besuchen hier erzählt. In diesem Ding sind alle Geschichten, Legenden und Karten des Wolkenreiches aufgeführt. Wenn man etwas Bestimmtes sucht, kann man die Schlagwörter in ein Suchfeld eingeben, und die Maschine zeigt einem die passenden Sachen dazu an. Lilly tippt auf einer großen Tastatur, die sich auf dem Bildschirm befindet, gerade die Worte »Junge« und »Legende« ein und drückt auf »Suchen«. Nach kurzer Zeit erscheinen 399 Titel auf dem Bildschirm. Nebendran stehen die Zahlen der Regale und Fächer, in denen man sie finden kann. »Wir müssen die Suche wohl etwas eingrenzen«, murmelt Lilly vor sich hin. Sie fügt noch die Worte »Sechzehn« und »Nicht erfüllt« hinzu. Schon verändert sich der Bildschirm wieder, und es bleiben drei Titel übrig. Der Obere springt mir direkt ins Auge. Es ist die Legende der Schwarzen Grotte. Na wenn das mal nicht ein absoluter Treffer ist.

Die anderen zwei Titel kann ich nicht richtig erkennen, da sich Lilly gleich wieder aus dem System ausgeklinkt hat und der Bildschirm wieder schwarz ist. »So, gefunden, kommt bitte mit mir«, flötet sie uns zu und macht sich auf den Weg in den Nebenraum. Feuerbart und ich folgen ihr. Wie ich schon vermutet habe, biegen wir in das Regal mit der Nummer 33 ein. Ich bleibe am Anfang des Gangs stehen und beobachte Lilly dabei, wie sie die drei Schriftrollen aus den Regalen zieht. Sie legt sie auf einen Tisch, an dem Feuerbart Platz genommen hat. Langsam laufe ich zu ihm rüber, nachdem Lilly sich verabschiedet hat, um zurück an den Empfang zu gehen. Feuerbart hat die erste Schriftrolle aus der Hülle geholt und konzentriert sich gerade auf den Text. Als ich ihm über die Schulter schaue, kann ich erkennen, dass es die Legende der Schwarzen Grotte ist.

»Ich will nur nachschauen, ob wir etwas übersehen haben«, beantwortet er meine unausgesprochene Frage. Ich setze mich auf den Platz gegenüber und beobachte ihn beim Lesen. »Nein, hier steht nichts drin, was wir nicht in den letzten Tagen erlebt hätten«, seufzt er schließlich und rollt das Papier wieder zusammen.

Ich bin nur froh, dass dieser Schatz in Feuerbarts Tresor in Sicherheit ist. Nachdem wir nach der Grotte wieder auf der Dragonfly angekommen waren, habe ich ihn darum gebeten, ihn sicher zu verwahren. Wer weiß, ob wir ihn irgendwann nochmal brauchen können. Er nimmt sich die nächste Rolle und holt das Papier aus der Schutzhülle. Bevor er sie weglegen kann, nehme ich sie in die Hand, um das Schild zu lesen. Es ist die Legende der Liebenden, die hat Eva auch gelesen, bei unserem Besuch hier. »Was steht da drin?«, frage ich Feuerbart, während er die Schriftrolle auf dem Tisch ausbreitet.

»Ein Mädchen wie ein Diamant, rein und schön, hat ihr Glück noch nicht erkannt. Der Junge, den sie schließlich trifft, ihre Weltansicht durchbricht. Zusammen sind sie stark und frei, alleine nur Trauer und Einsamkeit es sei. Durch ihre Liebe ewig verbunden, im Herzen aneinandergebunden. Das Wolkenreich wird strahlen in hellstem Licht, wenn niemand es schafft, dass dieses Band bricht.«

Ich versuche zu verstehen, was hier gemeint sein könnte, doch in meinem Kopf ergeben die Worte irgendwie keinen Sinn. Durch meine Abneigung, an diese Sachen glauben zu wollen, bin ich irgendwie abgestumpft.

»Ich vermute, diese Legende erzählt von Eva und dir beziehungsweise von eurer Beziehung«, sagt Feuerbart schließlich. Ich bin völlig überrascht von seiner Aussage. »Wie kommst du darauf?«

»Naja, das Mädchen, dessen Weltansicht völlig verändert wurde, ist offensichtlich Eva. Du hast ihr bestimmt eine andere Ansicht verschafft, als du sie in das Wolkenreich gebracht hast. Außerdem bist du fast wahnsinnig vor Sorge und Einsamkeit, seit sie nicht mehr da ist. Ihr seid zusammen ein starkes Team, und soweit ich das beurteilen kann, ist eure Liebe wirklich etwas Besonderes. Ich habe schließlich den Kuss mitbekommen in der Grotte, der sah schon ziemlich intensiv aus. Der Rest der Legende wird sich wahrscheinlich noch ergeben.« Er zwinkert mir lächelnd zu, und ich spüre, wie ich rot werde. Irgendwie ist es mir doch ein bisschen peinlich, wenn der Kuss so außergewöhnlich aussah. Er war zwar etwas Besonderes für mich, aber ich wollte nicht, dass es auch jeder Außenstehende so offensichtlich mitbekommt. Feuerbart nimmt sich die letzte Schriftrolle und breitet das Papier neben dem anderen aus. Ich erhasche einen Blick auf das Schild, bevor er die Schutzhülle zur Seite legen kann. Es ist die Legende der ungleichen Brüder.

Im ersten Moment halte ich sie für unwichtig, da sie ja nicht auf mich zutreffen kann. Doch dann kommt mir in den Sinn, dass sie ja jetzt doch auf mich passen könnte. Seit den Prüfungen der Grotte weiß ich ja, dass ich auch einen Bruder habe, und wenn es Brüder gibt, die absolut nichts gemeinsam haben, dann sind das wohl Lenni und ich. Ich muss Feuerbart gar nicht bitten, sie laut zu lesen, er tut es schon ganz von alleine.

»Zwei Brüder von der Art verschieden, einer nur durch Bosheit getrieben, der andere rein im Herzen und gut, werden brauchen all ihren Mut. Die Rätsel der Bucht, sie wiegen schwer, nur zusammen kann man es schaffen, seht nur her. Wenn die Jahre siebzehn zählen, muss einer dem anderen sich ergeben. Der Tod ist beiden sonst gewiss, wenn sie nicht beilegen ihren Zwist.« Als er fertig ist, schnauft er laut. »Ich denke, da kommen wir der Sache doch schon etwas näher.« Ich sehe ihn fragend an, in der Hoffnung, dass er mich an seinen Gedanken teilhaben lässt. »Ich denke, dass dir jetzt klar ist, dass mit dieser Legende Lenni und du gemeint sind. Ich habe keine Ahnung, welche Bucht hier gemeint ist und was sich dort für Rätsel verbergen. Doch ohne die Zusammenarbeit mit deinem Bruder wirst du sie wahrscheinlich nicht lösen können.

Du wirst in einer Woche siebzehn, also müsst ihr wohl bis dahin die Rätsel gelöst haben.« Ich verstehe nicht, wie Feuerbart dabei so sicher sein kann. Vielleicht ist es ja gar nicht die richtige Legende, vielleicht gibt es hier ja noch andere, die passen könnten. Wer kann schon wirklich sagen, ob dieses SUP.R.E.S richtig funktioniert?

»Er hat Recht, Lou. Diese Legenden handeln von dir. Du musst dein Schicksal akzeptieren.« Pieties Stimme hallt in meinem Kopf wieder. Ich kann ihn diesmal nicht sehen, nur hören, und das macht es noch unheimlicher als die letzten Begegnungen mit ihm. Ich habe also keine Wahl und muss mich wohl dem ganzen ergeben. »Okay, wie geht es weiter, Feuerbart?«, frage ich schließlich. »Ich denke, wir sollten deinen Bruder suchen. Doch vorher möchte ich noch ein paar andere Schriften durchlesen, um herauszufinden, welche Bucht hier gemeint sein kann. Das Wissen darüber könnte uns einen kleinen Vorteil verschaffen. Vielleicht kannst du so lange mal in der Stadt rumfragen, ob jemand etwas über den Verbleib der Liberty gehört hat«, schlägt er vor.Ich nehme dankend an. Etwas Bewegung ist jetzt genau das Richtige. Ich kann hier nicht stundenlang herumsitzen, das ist einfach nichts für mich. Ich stehe auf und verlasse den Raum.

Am Empfang verabschiede ich mich kurz von Lilly und bedanke mich nochmal für ihre Hilfe. Als ich die Eingangstür hinter mir schließe, atme ich die frische Luft von Piemont ein. Es riecht nach Brot und Gewürzen. Ich mache mich auf den Weg zum Marktplatz, um dort ein paar alten Bekannten auf den Zahn zu fühlen und herauszufinden wo sich mein Bruder und die Liberty befinden.

5

Eva

Die ersten Stunden des Tages vergingen wie im Flug. Meine Vermutung hat sich bestätigt, und ich habe von dem Unterrichtsstoff kaum etwas mitbekommen, da ich immer wieder an diesen Jungen denken musste und an eine alte Frau in einem vollgestellten, stickigen, dunklen Laden, der aussah wie eine Boutique. Jetzt ist erst mal Pause, und Mila erwartet mich schon in unserer Ecke.

»Hi! Und, wie war es bei dir? Frau Müller hat uns in Kunst keine Ruhe gelassen mit diesem komischen plastischen Gestalten. Mein Werk sieht jetzt aus wie ein großer Klumpen aus Hasendraht und Papier. Ich schaffe es einfach nicht, eine Figur daraus zu machen. Dann steht die Müller auch noch andauernd neben mir, um mir irgendwelche Tipps zu geben. Echt ätzend.« Mila rollt mit den Augen, und ich muss kichern. »Und, wie war es denn nun bei dir? Erzähl mir bitte etwas Spannendes«, fleht sie mich an.

Mir fallen die Worte meines Vaters ein, nachdem er Mila kennengelernt hat: »Die wird mal eine gute Schauspielerin, die ist jetzt schon so theatralisch.« Das bringt mich nur noch mehr zum Schmunzeln.

»Bei mir war nichts los«, sage ich knapp, und Mila zieht sofort eine Schnute. »Oh Schade!«, jammert sie. Sie wäre wirklich eine perfekte Schauspielerin. »Aber … also … es war nichts Besonderes in der Klasse. Aber ich würde dir gerne etwas anderes erzählen.« Irgendwie macht es mich nervös, jemandem von diesen Träumen zu erzählen, doch ich habe das Gefühl, wenn ich nicht bald jemanden einweihe, macht es mich noch verrückt. Ich habe Milas volle Aufmerksamkeit, als ich weiterrede: »Ich habe letzte Nacht etwas geträumt, und das geht mir nicht mehr aus dem Kopf. Also ich glaube, es war ein Traum, und doch wirkte es so real. Das Ganze kann aber auf keinen Fall wirklich passiert sein. Oder?« Mila schaut mich verdutzt und fragend an. Ich warte kurz auf eine Antwort, doch sie kommt nicht. Warum sagt sie nichts? Ich wedele mit der Hand vor ihren Augen, um zu sehen, ob sie noch wach ist. »Was soll das?«, herrscht sie mich an. »Ich warte auf deine Antwort!«, blaffe ich zurück.

»Eva, du hast mir nicht erzählt, von was du geträumt hast, also kann ich dir nicht sagen, ob es real ist oder nicht«, antwortet sie. Ich muss kurz darüber nachdenken, doch sie hat wirklich Recht, ich habe ihr gar nichts erzählt. »Stimmt, entschuldige«, murmle ich etwas kleinlaut. »Also, da war ein Junge, er heißt Louis.«

»War er süß?« unterbricht sie mich neugierig. »Ja, sehr sogar.« Sie quiekt aufgeregt. »Das ist aber nicht das Einzige. Er hat mich mitgenommen, auf einem Piratenschiff in den Wolken. Er ist ein Pirat, und wir waren in einer Stadt, die auf einer Wolke schwebt. Dann ist irgendwas Schlimmes passiert, und er hat mich geküsst.« Mila hängt förmlich an meinen Lippen, sie scheint jedes Wort aufzusaugen wie ein Schwamm. »Was ist dann passiert?« »Nichts, ich bin aufgewacht. Das Problem ist nur, dass es sich so real angefühlt hat und doch die Hälfte des Traumes völlig verschwommen ist, und es geht mir nicht aus dem Kopf. Wie eine Erinnerung, die man nicht vergessen darf, und trotzdem gleitet sie dir immer wieder aus den Gedanken. Ich konnte mich nicht mal auf den Unterricht konzentrieren. Immer wieder taucht sein Gesicht vor mir auf, diese grünen Augen …« Als ich fertig gesprochen habe, sehe ich Mila an.

Sie sitzt nur da mit einem breiten Grinsen auf dem Gesicht. »Ich denke, du bist in diesen Traumjungen verliebt. Meine Mutter hat mir mal erzählt, dass man in den Träumen Dinge verarbeitet. Wahrscheinlich hast du dich in irgendeinen Typen verguckt, und dein Unterbewusstsein spinnt so eine verrückte Geschichte dazu. Bestimmt aus irgendeinem Film oder Buch. Die wirklich wichtige Frage ist doch: Wer ist dieser Typ?« Ihr Grinsen wird noch breiter. Könnte sie richtig liegen? Ich bin mir nicht sicher, ob es wirklich so einfach ist. Es fühlt sich anders an, nicht so, wie die anderen Träume, die ich bisher hatte. Allerdings kann ich mich nicht erinnern, jemals für einen Jungen so empfunden zu haben wie für diesen. In dem Traum war er mir so vertraut, ich habe mich geborgen und beschützt gefühlt, und ich hätte wirklich alles für ihn getan. Doch alles andere ist einfach zu verrückt. Wahrscheinlich hat Mila Recht, und mein Unterbewusstsein spielt mir einen Streich. Das Klingeln zur nächsten Stunde unterbricht meine Gedanken, und wir machen uns gemeinsam auf den Weg in die Klasse. Die letzten Stunden haben wir gemeinsam Unterricht. Mila steckt mir während der ganzen Zeit kleine Zettel zu, auf denen verschiedene Namen unserer männlichen Klassenkameraden stehen. Doch ich schüttele bei jedem den Kopf.

Keiner von ihnen bringt die Schmetterlinge zurück, die ich in meinem Bauch spüre, wenn ich an ihn denke. Als es endlich zum Schulschluss klingelt, bin ich mehr als erleichtert. Ich will einfach nur nach Hause, für heute ist mein Bedarf an Menschen gedeckt. Mila löchert mich immer weiter mit Fragen zu dem Traumjungen, so hat sie ihn getauft. Ich versuche sie ihr so gut es geht zu beantworten, doch die Details verschwimmen immer mehr, umso länger ich darüber nachdenke. Ich bin wirklich froh, als wir uns an der alten Eisdiele verabschieden. Ich mag Mila wirklich, aber manchmal geht sie mir ganz schön auf die Nerven. Ich muss ihr noch versprechen, intensiv darüber nachzudenken, welcher Junge es sein könnte, und sie verspricht im Gegenzug, eine Liste zu machen von allen Typen, die ihr einfallen. Als ich zuhause ankomme, ist zu meiner Überraschung meine Mutter in der Küche und bereitet das Essen vor. Ich stelle mich zu ihr, um ihr zu helfen. »Ich wusste nicht, dass du heute Abend zuhause bist, Mama.« »Ich dachte mir, ich mache mal einen Abend frei, um mit dir etwas Zeit zu verbringen. Freust du dich nicht?«, fragt sie mit einem beleidigten Unterton. »Doch natürlich, ich war nur überrascht, das ist alles.«, verteidige ich mich. Ich freue mich wirklich, irgendwie.

Meistens komme ich auch ganz gut alleine zurecht, doch heute kann ich sie wirklich gut gebrauchen. Vielleicht lenkt mich ein Abend mit ihr von diesen Träumen ab. Die restlichen Vorbereitungen verlaufen schweigsam. Wir kochen Nudeln mit Carbonara-Soße, mein Lieblingsessen, und ich mache noch einen kleinen Salat mit Gurke, Paprika und Tomaten. Nachdem alles fertig ist, laden wir uns die Teller voll und setzen uns auf die Couch, um einen Film zu schauen. Das machen wir immer so, ich esse generell gerne beim Fernsehen, dann habe ich irgendwie Gesellschaft, wenn ich alleine bin. Meine Mutter schaltet durch die Kanäle auf der Suche nach einem Film, der ihr gefällt. Wahrscheinlich wird es irgendein Schwarz-Weiß-Film mit einem tragischen Liebespaar. Das sind die Lieblingsfilme meiner Mutter. Nach kurzer Zeit bleibt sie auch genau an so einem hängen, und ich muss schmunzeln. Soll mal einer sagen, ich würde nicht wissen, was meiner Mutter gefällt. Ich beobachte sie, wie sie zwischen den einzelnen Bissen sogar die Textpassagen der Schauspieler leise mitspricht. Wirklich verrückt. Ich esse meine Nudeln fertig und schaue mir den Film zu Ende an. Natürlich sind die zwei Hauptdarsteller am Ende glücklich vereint. Aus dem Augenwinkel sehe ich, wie meine Mutter sich die Tränen wegwischt.

Ich helfe ihr noch, das Geschirr in die Spül-
maschine zu packen und gehe dann in mein
Zimmer. Mittlerweile ist es schon Viertel nach
neun. Ich bin völlig erledigt, falls ich heute
Hausaufgaben bekommen habe, muss ich sie
wohl morgen bei irgendjemandem abschrei-
ben. Ich werfe mich auf mein Bett und schließe die Augen. Nach kurzer Zeit sinke ich in
einen unruhigen, aber traumlosen Schlaf. Am
nächsten Morgen fühle ich mich ausgeruht
und frisch, doch ein Blick aus dem Fenster
trübt meine Stimmung ein bisschen, es regnet
in Strömen. Ich treffe Mila wieder an der alten
Eisdiele, und wir schlendern unter meinem
riesigen Regenschirm gemeinsam zur ersten
Stunde. Natürlich hat sie die Liste mitgebracht
und fragt mich nach den verschiedensten
Jungs, die ihr eingefallen sind. Doch das Gesicht von Louis ist nicht mehr so präsent wie
gestern. Mittlerweile ist es nur noch verschwommen und der Rest des verrückten
Traumes, ist fast vollständig aus meinem Gedächtnis verschwunden. Er ist wohl doch wie
jeder andere Traum, nur vorübergehend. Ich
bin froh, als die Klingel zur ersten Stunde läutet und wir auf unseren Plätzen sitzen. Ich
suche in meiner Tasche nach dem
Mathebuch, während unser Klassenlehrer
sich räuspert.

»Also Leute, das ist Lenni. Er ist neu an unserer Schule und wurde dieser Klasse zugeteilt. Stell dich doch kurz den anderen vor.«

»Oh, okay. Hallo, ich komme von einer anderen Schule und darf mich jetzt hier quälen lassen.« Seine Worte werden von lautem Gejohle begleitet. Doch es sind nicht seine Worte die meine Aufmerksamkeit bündeln, sondern diese Stimme. Sie lässt mein Blut schneller fließen. Alle Härchen an meinem Körper stellen sich auf, und ich bekomme furchtbare Gänsehaut. Als ich den Kopf hebe, sehe ich ihm direkt in die Augen. Sie sind so vertraut, er ist so vertraut. Der eiskalte Schauer, der meinen Rücken herunterläuft lässt mich erzittern. Doch ich weiß einfach nicht, wo ich ihn schon mal gesehen habe. Mila stößt mir ihren Ellenbogen in die Seite. Ich schaue sie entsetzt an. »Kennst du den? Der ist ja mal heiß« Ihre Stimme verwandelt sich in ein sehnsüchtiges Schmachten, und mein Mund wird mit einem Mal ganz trocken. Sie bemerkt meinen Blick und schlussfolgert auf ihre einmalige Art. „Warte! Ist er das? Der Traumjunge?“

»Ich de...denke nicht!«, keuche ich zurück und schaffe es dabei nicht, meinen Blick von ihm abzuwenden.

6

Louis

Ich irre schon seit Stunden durch Piemont, und bisher konnte mir keiner, den ich gefragt habe, eine brauchbare Auskunft geben über den Verbleib von Lenni oder der Liberty. Meine letzte Hoffnung setze ich jetzt in Flo. Er ist in den Straßen von Piemont zuhause und kennt meistens alle Neuigkeiten, die gerade im Umlauf sind. Allerdings ist es immer schwierig, ihn zu finden. Da er keinen festen Wohnsitz hat, ist er überall und nirgendwo. Also muss ich alle Plätze abklappern, an denen er sich aufhalten könnte. Die meisten habe ich schon durch, und sie waren verlassen. Jetzt versuche ich es bei der alten Bibliothek. Das leere, halb zerfallene Gebäude liegt etwas außerhalb. Im Prinzip stehen eigentlich nur noch die Außenmauer und ein kleinerer Raum; lose Brocken deuten die Umrisse des restlichen Gebäudes an. Der graue Stein ist fast völlig von Griebelsträuchern zugewachsen.

Wahrscheinlich ist es deshalb so ein gutes Versteck für die Leute von der Straße. Die meisten haben Angst, sich zu vergiften, allerdings gibt es einen geheimen Zugang, den muss man kennen, wenn man ohne Probleme die Ruine betreten will. Ich ducke mich gerade unter dem tiefhängenden Ast hindurch, der den Eingang versperrt, und betrete das Innere. Ein paar Kerzen und das wenige Licht von außen beleuchten den kleinen Raum. Meine Augen müssen sich erst an das Licht gewöhnen. Ein Husten, links von mir, lässt mich herumfahren. Flo sitzt in der Ecke und mustert mich mit seinem gesunden Auge.

»Lou, bist du das?«, brummt er mit tiefer Stimme. »Hi Flo, ja ich bin es.« Langsam steht er vom Boden auf und kommt auf mich zu. »Es ist wirklich schön, dich wiederzusehen. Mann, ist das lange her. Lass dich ansehen, du bist ja ein richtiger Kerl geworden!« Langsam läuft er um mich herum und mustert mich dabei von oben bis unten. Irgendwie ist mir das Ganze hier gerade ziemlich unangenehm. »Flo, ich wollte dich etwas fragen. Weißt du, wo die Liberty ist?« Er kommt vor mir zum Stehen und reibt sich nachdenklich sein Kinn. Ich hoffe wirklich, dass er mir etwas sagen kann. Ansonsten weiß ich nicht, wo ich weitersuchen soll.

»Als ich das letzte Mal von denen hörte, wollten sie zur Schwarzen Grotte mit irgendeinem Mädchen. Danach waren sie nur noch mal kurz im Hafen und sind am gleichen Tag wieder weg. Es gab Gerüchte, dass sie irgendwo einen Schatz suchen wollten. Keine Ahnung, ob das stimmt. Wieso interessierst du dich neuerdings für die Liberty? Hat Feuerbart dich rausgeschmissen?«

Er verzieht den Mund zu einem gehässigen Grinsen, und ich kann seine wenigen Zähne im Licht der Kerzen blitzen sehen. »Nein, hat er nicht! Ich habe mit denen was zu klären.« Mehr muss er darüber nicht wissen. Allerdings bin ich nicht wirklich weitergekommen. Außer dem Offensichtlichen, nämlich dass die Liberty nicht im Hafen ist, weiß ich jetzt genau so viel wie vorher. »Danke Flo, ich muss wieder los. Ich wünsch dir alles Gute, und bis zum nächsten Mal.«

»Ja, mach's gut, Lou, es war schön, dich mal wieder zu sehen. Ach, du hast nicht zufällig ein paar Goldstücke übrig für einen alten Freund?« Sein Gesicht wechselt zu einem traurigen Hundeblick, und sofort tut er mir ein bisschen leid, also nehme ich zwei Goldmünzen aus meiner Tasche und gebe sie ihm. Er klopft mir auf die Schulter. »Du bist einfach ein Guter! Danke.«

Ich drehe mich um und verlasse die alte Bibliothek. Als ich hinaustrete, steht die Sonne schon sehr tief. Ich muss mehrfach blinzeln, da mich das helle Licht blendet. Als sich meine Augen an die Sonne gewöhnt haben, mache ich mich wieder auf den Weg zurück in die Stadt. *Ich werde wohl zu den Archiven zurückgehen, um nachzusehen, wie weit Feuerbart gekommen ist,* denke ich. *Vielleicht konnte er ein paar Sachen in Erfahrung bringen ...* Als ich den Marktplatz erreiche, ist der immer noch überfüllt. Für diese späte Zeit ist das wirklich außergewöhnlich. Ich versuche mir einen Weg durch die Leute zu bahnen, als mich plötzlich jemand von hinten packt und zu Boden reißt.

Die Menschen um mich herum weichen zurück wie ein aufgeschreckter Haufen Flugenten. Diego schwebt ein Stück über mir und bellt aufgeregt. Ich versuche vom Boden aufzustehen, als mich ein fester Tritt im Rücken trifft. Ich rutsche ein paar Meter über den Boden, und der stechende Schmerz durchzieht mich wie ein Blitz. Ich versuche erneut, mich vom Boden hochzudrücken, um wenigstens eine reelle Chance zu haben, meinem Angreifer gegenüberzutreten. Doch als ich gerade auf allen Vieren bin, trifft mich der nächste Tritt direkt in den Magen.

Sofort ist alle Luft aus meinem Körper entwichen, und ich huste und keuche wie verrückt. Wer ist dieser Mistkerl, und warum hat er es auf mich abgesehen? Doch ich habe da so eine Vermutung …

Als ich endlich hinaufsehen kann, bestätigt sich mein Verdacht. Sandbart steht ein paar Meter entfernt und schaut hämisch grinsend auf mich herunter. Direkt vor mir steht einer von seinen Schlägern. Er ist groß und breit, mehr ein Bär als ein Mann. Ich setzte mich auf den Boden und wische mir über den Mund. Als ich einen Blick auf meine Hand werfe, sehe ich Blut. »Ich hab gehört, du suchst nach mir und meinem Schiff!« Sandbart spricht ganz ruhig, doch in seiner Stimme höre ich die pure Arroganz. Ich wäre auch mutig, wenn ich mich hinter so einem Kerl verstecken könnte.

»Da hast du richtig gehört.« Ich recke trotzig mein Kinn und funkele ihn böse an. Dafür kassiere ich direkt einen Fausthieb, der mich an die Wange trifft. Ich spüre mein warmes Blut und einen pochenden Schmerz, der sich langsam in meinem Kopf ausbreitet. Sandbart kommt ein paar Schritte näher, während sein Wachhund meine Hände auf meinem Rücken verschränkt und mich auf die Beine zieht.

Ich kann kaum aufrecht stehen, durch die Schmerzen krümmt sich mein Körper unwillkürlich zusammen. Ich versuche, es mir nicht anmerken zu lassen, doch an Sandbarts zufriedenem Gesicht erkenne ich, dass ich wohl kläglich dabei scheitere. Als er direkt an meinem Ohr ist, hält er inne. »Das war eine Warnung, und ich rate dir, sie ernst zu nehmen! Hör auf, nach mir zu suchen! Sonst passiert etwas Schlimmeres als ein paar blaue Flecken«, zischt er mir ins Ohr. Dann dreht er sich um und geht davon.

Sandbarts Bodyguard gibt mir einen Schubs, und ich kann mich gerade noch mit den Händen abfangen, um zu verhindern, dass mein Kopf auf den Boden aufschlägt. »Du hast ihn gehört!«, brummt er mir entgegen und verpasst mir einen letzten Tritt in den Magen, bevor er Sandbart hinterher trottet. Ich rolle mich auf dem kalten Boden zusammen und versuche wieder Luft in meine Lungen zu bekommen. Diego schwebt direkt über mir und schleckt mir liebevoll übers Gesicht. Die Leute stehen immer noch um uns herum und starren mich an. Unglaublich, dass ihnen das nicht mal peinlich ist.

Hallo, hier ist jemand verletzt!, rufe ich in meinem Kopf, ich kann vor lauter husten und trockenem Würgen sowieso nicht sprechen.

Aus dem Augenwinkel erkenne ich eine Gestalt, die sich einen Weg durch die Menschen gebahnt hat und jetzt direkt neben mir steht. Ich erkenne Rosas besorgtes Gesicht, sie läuft direkt zu mir rüber und kniet sich neben mich. In ihren Augen sehe ich Besorgnis und Wut. Langsam nimmt sie meinen Arm und legt ihn sich über die Schulter. Zusammen schaffen wir es aufzustehen.

»Ich bringe dich erst mal in den Laden, da können wir deine Wunden versorgen.« Ich hätte nicht gedacht, dass ich nach unserem letzten Gespräch jemals wieder so froh sein würde, sie zu sehen. Doch im Moment fühlt es sich gut an, sie bei mir zu haben. »Habt ihr nichts zu tun?«, herrscht sie die Leute an, die immer noch überall herumstehen. Sie laufen aufgeregt auseinander, während Rosa, Diego und ich langsam zu ihrem Laden gehen.

7

Lenni

Das Adrenalin rauscht immer noch durch jede Faser meines Körpers. Die letzten Stunden waren die Verrücktesten meines Lebens. Ich meine, Pietie zu töten, war leicht, der ging mir schon die ganze Zeit auf die Nerven. Doch Louis hat mir schon fast leid getan, als ich ihm die Lichter ausgepustet habe. Ich würde zu gerne wissen, was er macht, wenn er wieder aufwacht und wir nicht mehr da sind. Wahrscheinlich verfällt er direkt in Panik. Schade, dass ich davon nichts mitbekomme. Bis dahin bin ich schon auf dem Weg zu seiner Angebeteten, vorausgesetzt, Sandbarts Plan funktioniert. Wenigstens sind wir schon mal wieder an Deck und unterwegs nach Piemont. Es war echt ein ganz schöner Akt, die anderen wieder auf das Schiff zu wuchten. Wenigstens konnten sie einigermaßen laufen. Wirklich schwer hatte es eigentlich nur Gregor. Das Mädchen hat ihm ganz schön zugesetzt.

Sie scheint wirklich stärker zu sein, als sie aussieht, sie ist ein echter Wildfang, die Kleine.

»Na, das war doch schon mal ein gelungener Auftakt.« Sandbart steht direkt neben mir und mustert mich von der Seite. Seine Nase ist geschwollen, doch wenigstens blutet sie nicht mehr. »Ich war heute sehr überrascht von deiner Entschlossenheit. Wenn du so weitermachst, kannst du es noch weit bringen, Lenni.« Seine Worte machen mich wirklich stolz. Es mag vielleicht für manche falsch sein, dass ich für diese ganzen Sachen, die heute passiert sind, Lob bekomme, aber für mich ist es das Einzige, das ich kenne. Mein Mund verzieht sich zu einem Lächeln, und ich schaue weiter in die Wolken.

»So, jetzt kommen wir doch bald zu dem interessanteren Teil des Plans. Ich hoffe, du bist bereit, wenn es so weit ist. Wir können uns keine Fehler erlauben, das weißt du, oder?« Sandbart fixiert mich von der Seite, und ich schnaube verächtlich. Was denkt er denn von mir? »Ich weiß, was auf dem Spiel steht, und ich werde dich nicht enttäuschen. Mach dir da mal keine Sorgen!« Ich schaue ihm direkt in die Augen und halte seinem Blick stand. Nur um ihm deutlich zu machen, dass er keine Macht über mich hat.

Die anderen in der Crew machen vielleicht alles, was er sagt, aber ich bin da anders. Im Moment ist er nämlich abhängiger von mir als ich von ihm. Das mag zwar damals anders gewesen sein, als ich zum ersten Mal auf diesem Schiff gelandet bin. Doch jetzt ist der Spieß umgedreht. Ich erinnere mich noch gut, wie er mich aus diesem stinkenden Holzfass gezogen hat, in dem ich mich versteckt hatte. Er hat mich am Kragen gepackt und bei voller Fahrt über die Reling gehalten.

Ich weiß noch, wie ich getobt und geschrien habe, doch ich habe nicht geheult. Ich dachte, er lässt mich einfach fallen, und damit wäre mein ganzes klägliches Leben endlich Geschichte gewesen. Ich hatte damals nichts zu verlieren, niemand, den ich zurückgelassen hätte, niemand, der mich vermissen würde. Irgendwas hat Sandbart dann doch umgestimmt, und ich landete unsanft auf dem Deck der Liberty. Von da an musste ich die ganze Drecksarbeit erledigen, Toiletten schrubben und so was. Aber ich hatte endlich ein Zuhause. Ich entwickelte schnell ein Talent im Glücksspiel und verschaffte mir so das Ansehen der Crew. Außerdem bin ich bei Beutezügen immer als erstes losgerannt und habe die Wachen vermöbelt. Wie gesagt, ich hatte nichts zu verlieren.

Nach zwei Monaten wurde ich zu Sandbarts persönlichem Handlanger. Nicht gerade der beste Job, aber er sorgt dafür, dass mich keiner nervt. Ich fühlte mich immer abhängig von Sandbart und der Crew, doch jetzt hat sich das Blatt gewendet. Diesmal braucht er mich, um seinen Plan auszuführen. Sonst hat er keine Chance, dieses Mädchen zu finden und Louis ein für alle Mal zu beseitigen. Er blinzelt und lächelt mich dann schief an. Er weiß genau, was für ihn auf dem Spiel steht. Ein Sieg für mich, zumindest für den Moment.

»Ich bin mir sicher, dass wir beide unseren Profit aus der Sache schlagen können. Wenn wir in Piemont die letzten wichtigen Kleinigkeiten aufgetrieben haben, sind wir bereit für unseren nächsten Schritt.« In seiner Stimme schwingt ein feierlicher Unterton mit. Ich weiß gar nicht, warum er sich jetzt schon so freut, noch haben wir überhaupt nichts erreicht, und bisher klingt das Ganze noch ziemlich schwammig. »Erklär mir nochmal genau, was wir brauchen und wie es weitergeht, wenn wir es haben. Schließlich bin ich derjenige, der am Ende die Drecksarbeit machen muss.« Ich konzentriere mich auf einen dunkelbraunen Fleck in der Maserung der Reling. Er sieht kurz zu mir rüber und starrt dann hinaus in den Himmel.

»In den alten Büchern habe ich ein Rezept für ein Pulver gefunden, dass jede Tür in ein Portal zu den Erdenmenschen verwandeln kann. Dieses Portal kann Zeit und Raum durchbrechen, denn soweit ich das beurteilen kann, ist diese kleine Göre nicht einfach nach Hause geschickt worden. Zumindest vermute ich, dass da mehr dahintersteckt, so schnell und plötzlich, wie sie verschwunden ist.« Er unterbricht sich kurz, wahrscheinlich, um meine Reaktion abzuwarten, doch ich nicke nur. Bis dahin klingt der Plan ja noch ganz verständlich, obwohl ich mich mit diesen Zaubertricks nicht so auskenne und sie irgendwie schräg finde. »Naja, jedenfalls gehst du dann hindurch und versuchst Eva zu finden und sie auf unsere Seite zu ziehen. Ich gehe davon aus, dass sie sich nicht an dich oder das Wolkenreich erinnert. Also dürfte es dir nicht schwerfallen, sie etwas zu umgarnen. Im Prinzip musst du sie nur mit deinem natürlichen Charme begeistern.« Er stupst mir leicht mit dem Ellenbogen in die Seite und lacht dabei.

Ich kann mir selbst ein kleines Lächeln nicht verkneifen. Allerdings habe ich keine Ahnung, wie ich sie umgarnen soll. Natürlich habe ich schon mit Mädchen zu tun gehabt, aber sie ist doch ein ganz anderer Typ als die doch meist blöderen, leicht zu überzeugenden Mädels, mit denen ich üblicherweise verkehre.

Sie wirkte auf jeden Fall viel cleverer als die alle zusammen. »Tja, und wenn du das geschafft hast, kommst du mit ihr zurück, und Louis wird sich nicht damit abfinden können, dich mit ihr zu sehen. Wenn er ganz am Boden ist, können wir ihm mit Leichtigkeit den Schatz abnehmen, und dann habe ich endlich, was ich brauche, um das Wolkenreich zu meinem eigenen Reich zu machen.« Seine Augen leuchten auf bei dem letzten Satz. »Was sind die Zutaten, die noch fehlen?«, frage ich ihn nach einer kurzen Pause.

»Ich habe eine Liste der Sachen, die wir holen müssen. Wenn wir in Piemont sind, musst du die Sachen so schnell wie möglich auftreiben, während ich noch einer alten Freundin einen Besuch abstatten muss, nur um sicherzugehen, dass ich mit meinen Vermutungen richtig liege. Wenn alles klappt, Lenni, dann werden wir endlich leben wie die Maden im Speck. Dann können wir alles tun, was wir schon immer wollten, und niemand kann uns aufhalten.« Er streckt seine Arme in die Höhe und jubelt lautstark. Ich finde zwar, dass er ein bisschen voreilig ist, doch seine Freude ist ansteckend, und ich tue es ihm einfach nach. Es ist wirklich befreiend. Am Horizont kann ich schon die Lichter von Piemont erkennen. Im Dunkeln sehen sie aus wie eine Horde Glühwürmchen, die in der Ferne tanzen.

Sobald die Sonne aufgeht, sind wir da. Dann können wir den Plan endlich in die Tat umsetzen. Ich spüre die Aufregung in meinem Körper ansteigen. Es ist ein Kribbeln, das sich von meinem Bauch aus überallhin ausbreitet. Die nächsten Tage werden vermutlich ein absolutes Chaos. Doch erst mal brauche ich eine Mütze Schlaf. »Sandbart, ich geh pennen. Wir sehen uns morgen!« Er nickt mir zu, und ich mache mich auf den Weg in mein Zimmer. Als ich im Bett liege, sinke ich in einen unruhigen Schlaf.

Ich stehe in einem dunklen Raum ganz aus Stein. Es gibt keine Fenster und lediglich eine einzelne Kerze wirft ihren schwachen Schein auf den feuchten Boden. Es riecht modrig, und mir ist eiskalt. Langsam reibe ich mit den Händen über meine Oberarme. Plötzlich erfüllt ein tiefes, dunkles Lachen den Raum. Gänsehaut verteilt sich über mich, doch die kommt nicht von der Kälte, sondern von dem unguten Gefühl in meinem Inneren. Die Flamme der Kerze flackert kurz auf, bevor sich mehrere weitere Kerzen mit einem Mal entzünden.

Die Schatten werden von den Wänden zurückgeworfen, und etwas weiter entfernt steht Pietie. Er lächelt schief, und sein weißes T-Shirt ist blutgetränkt.

Mit schwerfälligen Bewegungen und gehobenen Armen kommt er auf mich zu, und ich weiche zurück, bis ich den feuchten Stein an meinem Rücken spüre und die Panik mich komplett durchspült.

Schwer atmend öffne ich die Augen und versuche das Bild zu verscheuchen. Ich liege in meinem Bett, und außer mir ist niemand hier. Diesen Satz muss ich mir mehrmals leise vorsagen, um ihn selbst zu glauben. Es kommt mir so vor, als könnte ich immer noch seinen Atem hören und diesen modrigen Geruch riechen. Das ist doch verrückt! Ich drehe mich auf die Seite und schließe die Augen. Es dauert nicht lang, bis der Schlaf mich wieder aus meinem Körper zieht.

Die Sonne scheint vom Himmel, und ich kann Stimmen hören, die sich in der Nähe unterhalten. Sie lachen miteinander und klingen glücklich. Ich könnte mich für sie freuen, aber in meinem Inneren ist nichts als Leere, kein Gefühl. Man könnte meinen, ich sei nur eine Hülle. Ich drehe mich in die Richtung, aus der die Stimmen kommen. Doch ich erstarre in der Bewegung, als mein Blick auf Pietie fällt.

Er sieht genauso aus wie in dem letzten Traum, doch in seinem Gesicht ist kein Lächeln mehr.

Er sieht traurig aus, seine Augen sind voller Schmerz. »Warum?« Das ist das einzige Wort aus seinem Mund, bevor er an seine Wunde greift und mir die blutrote Hand entgegenstreckt. Mit wankenden Bewegungen kommt er auf mich zu. Ich kann nicht antworten, ich wüsste auch gar nicht, was ich sagen sollte. Die Angst durchspült meinen Körper und ich stolpere Rückwärts, bis ich schmerzvoll auf meinem Hintern lande. Schützend hebe ich meine Arme ausgestreckt vor meinen Körper um ihn von mir abzuhalten, während er immer näher kommt. Sein Körper prallt auf meine Hände und er spuckt Blut während er spricht. »Warum?«. Der Schrei löst sich aus meiner Kehle während sich alles um mich herum auflöst, und ich schrecke hoch.

8

Pieties Gesicht schwebt auch jetzt noch vor meinen Augen. Egal, wie sehr ich versuche, es wegzublinzeln – es verschwindet einfach nicht. Ich lasse mich zurück in die Kissen sinken und starre an die Decke in der Hoffnung, dass es dann einfach verschwindet. Es ist mir absolut schleierhaft, warum er mich verfolgt, aber sein Anblick verursachte einen Schauer auf meinem ganzen Körper. Ein neues Gefühl schleicht sich in mein Unterbewusstsein, könnten es Schuldgefühle sein? Selbst wenn, der Plan wird ohne ihn besser funktionieren. Alles wird ohne ihn besser funktionieren. Ich atme tief durch und beobachte die ersten Sonnenstrahlen die durch das kleine Fenster fallen und die Schatten vertreiben. Wir können nicht mehr weit von Piemont entfernt sein, also schlage ich die Decke zurück und stehe auf. Nach einem kurzen Abstecher ins Badezimmer, den ich nur dazu nutze, mir ein wenig kaltes Wasser ins Gesicht zu spritzen, mache ich mich auf den Weg an Deck. Mittlerweile sind die Häuser von Piemont gut zu erkennen, der Hafen etwas rechts von der Stadt ist fast leer. Die meisten Schiffe scheinen ausgeflogen zu sein.

Die Stadt wirkt ganz ruhig, um diese Zeit scheint niemand unterwegs zu sein. Die Strahlen lassen die Fensterscheiben glitzern und tauchen die Stadt in ein geheimnisvolles Licht.

»Beeindruckend, nicht wahr?« Ich erschrecke fast zu Tode, als ich Sandbarts Stimme hinter mir höre.

»Musst du dich so anschleichen?« Schmunzelnd stellt er sich neben mich.

»Konntest du nicht schlafen?«, fragt er und mustert mich dabei.

»Nö! Nicht wirklich«, lautet meine knappe Antwort. Ich habe nicht das Bedürfnis, ihm von den Träumen zu erzählen. Das bekomme ich schon alleine hin, wie immer.

»Ich auch nicht, heute wird ein bedeutender Tag.« Seine Worte werden von einem tiefen Seufzer begleitet. Ich hoffe wirklich, dass sein Plan aufgeht. Die strahlende Zukunft, die er gestern Abend beschrieben hat, wäre wirklich eine nette Abwechslung zu meinem jetzigen Leben. Wir stehen immer noch an derselben Stelle, als endlich Leben an Deck kommt, während die Liberty langsam in den Hafen einläuft. Ich helfe die Segel einzuholen und die Holzplanke hinunter zu lassen. »Lenni, das ist die Liste.

Die meisten Sachen findest du irgendwo in der Stadt. Alles andere musst du notfalls anderweitig besorgen.« Er zwinkert mir kurz zu, und ohne, dass er es ausspricht, weiß ich genau, was er von mir erwartet. »Falls dich jemand aufhalten will, weißt du, was du zu tun hast.« Die letzten Worte spricht Sandbart ganz leise. Ich nehme die Liste entgegen und stecke sie in meine Hosentasche. Dann drehe ich mich um und laufe über die Holzplanke zum Steg hinunter, der zur Stadt führt. Als ich die Häuser erreicht habe, biege ich in eine schmale Gasse ein und hole den Zettel wieder aus der Tasche, um zu sehen, was ich besorgen muss.

Sandbart hat wirklich eine furchtbare Schrift, glücklicherweise kenne ich sie schon lange genug, jeder andere könnte wahrscheinlich kein einziges Wort entziffern. Auf der Liste stehen zehn Sachen: Griebelwurzel, Silberwurz, ein Fläschchen Brause, Rum, Seide, Paprikapulver, das zerlassene Fett einer Flugente, die Späne eines geschnitzten Holztisches, Lampenöl und die Borsten eines braunen Schweins. Wie Sandbart schon sagte: Manche der Sachen sind leicht zu finden, bei anderen muss ich wohl mit Gegenwehr rechnen. Ich fange mal mit den Pflanzen an, da diese sicherlich am leichtesten zu beschaffen sind.

Ich mache mich auf den Weg zum Markt, um mir dort einen Beutel zu besorgen. Der erste Stand, an dem ich vorbeikomme, hat direkt das Gesuchte vorne ausliegen. Zu meinem Glück ist die Verkäuferin gerade in ein Gespräch vertieft, also nehme ich mir einfach eine der braunen Umhängetaschen und laufe in die nächstgelegene Menschenmenge. Niemand nimmt Notiz von meiner kleinen Aktion, also verlasse ich kurz darauf den Markt und gehe in Richtung Westen. Dort wachsen am Rand der Stadt Griebelsträucher und Silberwurz. Ich knie mich hin, um die Wurzel des Griebelstrauch so vorsichtig wie möglich auszugraben, da schließlich mein Leben davon abhängt, keinen Teil der Pflanze zu berühren, sonst falle ich hier direkt tot um, und der Plan ist hinfällig. Das Gift in der Wurzel ist nicht besonders stark. Wenn ich sie schnell in der Tasche verschwinden lasse, wird mir nichts passieren. Als ich die Wurzel freigelegt habe, zücke ich mein Messer und schneide die Äste ab. Schließlich hebe ich die Wurzel aus dem Erdloch und stecke sie in den Beutel. Etwas rechts von mir entdecke ich einen Silberwurz. Ich schneide drei Äste von dem Strauch ab und stecke sie ebenfalls in die Tasche. Meine Hände sind völlig verklebt von dem silberfarbenen Saft, der dieser Pflanze ihren Namen gibt.

Ich wische sie an meiner Hose ab und schaue erneut auf die Liste, um einen Plan zu machen für die restlichen Sachen. Paprikapulver, Brause, Lampenöl, Seide und den Rum bekomme ich auf dem Markt. Das Fett muss ich mir wohl in einem Restaurant besorgen und die Späne beim Schreiner. Die Borsten werden wohl am schwierigsten zu besorgen sein. Doch damit beschäftige ich mich zum Schluss.

Da sich immer mehr Menschen auf dem Marktplatz befinden, wird es sicherlich leichter, die Sachen zu besorgen. Ich dränge mich so unauffällig wie möglich durch die Menschen und nehme mir von den verschiedenen Ständen all die Sachen, die ich brauche. Nach all den Jahren auf der Straße, habe ich ein gewisses Talent dafür entwickelt. Als ich das Ende des Marktplatzes erreicht habe, bin ich doch etwas erleichtert, dass sich mein Beutel jetzt schwerer anfühlt und ich alle Dinge ohne Zwischenfall bekommen habe. Ich biege nach links in eine schmale Gasse ab und versuche so schnell es geht die Hintertür des kleinen Restaurants zu erreichen. Kurz davor bleibe ich im Schatten des Gebäudes stehen und lehne mich lässig gegen die Wand, als eine Gruppe Leute an mir vorbeischlendert. Zeugen brauche ich jetzt wirklich nicht.

Nachdem die Luft rein ist, schlüpfe ich vorsichtig durch die angelehnte Tür ins Innere der Küche. Hier drin erleuchten Öllampen schwach das Objekt meiner Begierde. In einer großen Pfanne brutzelt gerade eine ganze Flugente vor sich hin. Als ich schon auf sie zugehen möchte, halte ich plötzlich in der Bewegung inne. Ein Geräusch am anderen Ende des Raumes lässt mich den Atem anhalten. Im Augenwinkel erkenne ich den Koch, der, mit dem Rücken zu mir gedreht, leise ein Lied summt.

Während ich ihn noch anstarre, macht er Anstalten, sich umzudrehen. Mit einem Satz ducke ich mich unter den Tisch rechts von mir und kauere mich dort zusammen. Langsam geht er zurück zu der Flugente und dreht sie mit einer geschickten Bewegung um. Dann macht er sich auf den Weg aus der Küche. Als die Tür ins Schloss fällt, lasse ich zischend die Luft durch meine Zähne entweichen. Ich komme aus meinem Versteck hervor und versuche so schnell wie möglich etwas von dem Fett in ein kleines Glasfläschchen abzufüllen, das ich ebenfalls auf dem Markt besorgt habe. In meiner Aufregung unterschätze ich allerdings blöderweise, wie heiß das Glas wird, wenn ich das Fett da einfülle.

Mir rutscht das Glasfläschchen aus der Hand, doch ich kann den Sturz gerade noch mit dem Fuß abbremsen, bevor es auf dem Boden zerschellt.

»So ein Sch…!« Ich schlage mir die Hand vor den Mund, als ich wieder realisiere, wo ich bin. Ich hoffe, mich hat niemand gehört, doch das Risiko ist zu groß. Also hebe ich das Fläschchen mit Hilfe eines Tuches vom Boden auf und wickele es ein. Dann stecke ich es in meinen Beutel. Ich verlasse die Küche, während ich an meinem Finger lutsche, mit dem ich das Glas beim Füllen angefasst hatte. *Das gibt bestimmt ne fette Blase,* denke ich. Als ich wieder in der schmalen Gasse stehe, atme ich erst mal tief durch. So viel zu den leichteren Sachen auf der Liste.

Ich schaue nochmal auf meine Liste und beschließe, als nächstes den Schreiner aufzusuchen. Er liegt nur zwei Straßen entfernt. Also versuche ich mich schnell und unauffällig durch die Gassen zu bewegen und stehe schließlich vor der großen Tür zur Schreinerei. Auf dem Weg hierher habe ich entschieden, einfach nach den Holzspänen zu fragen. Eigentlich total untypisch für mich, um etwas zu bitten, aber eine Brandblase am Finger reicht mir fürs Erste. Ich betrete den Laden und stehe direkt in einer kleinen Werkstatt.

Als die Tür hinter mir ins Schloss fällt, erklingt ein kleines Glöckchen.

»Einen Moment, bitte«, tönt eine tiefe Stimme aus dem hinteren Teil der Werkstatt. Ich kann nicht genau zuordnen, wo sich der Mensch dazu befindet, also lasse ich meinen Blick durch den Raum schweifen. Überall liegen Sägen und Hobel herum, aber auch spitze kleine Metallstäbe. Ich denke, es war die beste Idee, hier einfach zu fragen, mein Messer hätte da wohl ziemlich kläglich ausgesehen. Meine Gedanken bestätigen sich, als ich den Schreiner aus dem hinteren Teil des Raumes auf mich zukommen sehe.

Ich muss schon sagen, nicht viele Menschen flößen mir Respekt ein, doch er ist bestimmt über zwei Meter groß und breit gebaut. Unter seiner ledernen Schürze scheinen sich nur Muskeln zu befinden, und seine Arme sind bestimmt doppelt so breit wie meine. Ich fand mich zwar auch immer ziemlich gut trainiert, doch jetzt gerade komme ich mir vor wie ein kleines Kind. »Was willst du, Junge?« Seine grauen Augen mustern mich geringschätzig, und auf seinem Gesicht liegt ein mürrischer Ausdruck. »Ich wollte ein paar Späne haben, wenn das okay wäre. Am besten von einem geschnitzten Holztisch.« Meine Stimme ist nur ein Flüstern.

Dass er mich so leicht einschüchtert, macht mich wütend, und doch bekomme ich nur dieses Weibergestammel zustande. Wie peinlich ist das denn?

Sein Gesicht verändert sich von mürrisch in überrascht. Dann dreht er sich um und verschwindet für einen Moment in der Richtung, aus der er gekommen ist. Ich spüre, wie die Wut weiter in meinem Körper ansteigt. Was bildet der sich ein, mich hier einfach stehenzulassen? Ich weiß genau, wenn ich diesem Gefühl die Möglichkeit gebe, mich ganz einzunehmen, schaltet sich mein Kopf aus, und ich mache irgendwas Dummes. Während ich noch angestrengt meine Wut zu kontrollieren versuche, kommt der Mann wieder zurück und hält mir einen kleinen Beutel hin. Ich schaue ihn stumm an. »Hier, reicht das?«, fragt er freundlich. Meine Wut verschwindet, und ich nehme nickend den Beutel entgegen.

»Danke«, zische ich durch zusammengebissene Zähne, mache auf dem Absatz kehrt und verlasse den Laden. Das war überraschenderweise furchtbar unangenehm. Beim nächsten Mal sollte ich mich doch wieder auf das Stehlen der Sachen konzentrieren, dann muss ich wenigstens nicht mit irgendwelchen Leuten reden oder mich von ihnen so behandeln lassen.

Ich schüttele leicht den Kopf, um meine Gedanken zu beruhigen und mache mich auf den Weg zu den Schweineställen am östlichen Ende der Stadt. Auf dem Weg dahin frage ich mich mehrfach, wieso es unbedingt die Borsten eines braunen Schweines sein müssen. Die Viecher sind wirklich biestig, ich weiß noch, wie ich als Kind eines davon gefüttert habe, dieses Mistvieh hat mir dabei fast die Finger abgebissen. Die Hand musste sogar genäht werden, seitdem habe ich mich weitestgehend von diesen Dingern ferngehalten. Mit dieser Erinnerung im Hinterkopf beuge ich mich über den Holzzaun, der die Koppel umringt. Es sind mindesten zehn Schweine gerade hier am grasen. Sie sind noch größer, als ich sie im Gedächtnis hatte, und breit. Jedes hat zwei weiße Hauer, die an ihrer Schnauze hervorstehen. Na super, das wird keine leichte Sache, einem von denen die Borsten auszureißen. Ich versuche, mir das kleinste und langsamste Tier der Gruppe auszusuchen, und mein Blick bleibt schließlich an einem weiter hinten hängen. Es steht etwas abseits von den anderen und direkt am Zaun.

Wenn ich mich ganz leise anschleiche, könnte ich vom Zaun aus an den Borsten ziehen. Ich mache mich also ganz leise auf den Weg. Und beobachte dabei die Schweine.

Als ich an der besagten Stelle des Zauns angekommen bin, lehne ich mich erst mal lässig
dagegen. Ich muss wirklich allen Mut zusam-
mennehmen, um meine zitternde Hand über
den Zaun zu strecken und mit einem Ruck an
den Borsten des Tieres zu ziehen. Wie durch
ein Wunder schaffe ich es wirklich, ein paar
auszureißen, allerdings ist diese Freude nur
von kurzer Dauer. Mein Opfer dreht sich nämlich laut brummend und quiekend zu mir um,
und ich könnte schwören, dass wirklicher Zorn
in seinen Augen funkelt.

Ich stehe wie angewurzelt am Zaun und halte
immer noch die ausgerissenen Borsten in
meiner Hand. Das Schwein fängt an, von den
Borsten zu meinem Gesicht hin und her zu
schauen, und mir läuft ein Schauer über den
Rücken. Als es dann schließlich ein marker-
schütterndes Grunzen loslässt, kommt wieder
Leben in meinen Körper. Ich schiebe die
Borsten in meine Tasche, drehe mich um und
laufe davon. Ich fange an zu rennen, als ich
das Holz hinter mir knacken höre, doch ich
schaffe es nicht, mich umzudrehen und nachzusehen, ob das Tier mich wirklich verfolgt.

9

Erst als ich den Rand des Marktplatzes erreicht habe, bleibe ich stehen und schaue mich um. *Es ist nicht hinter mir!* Erleichtert atme ich tief durch. Erneut überprüfe ich meine Liste und bin froh, dass ich alle Dinge beschafft habe und jetzt zum Schiff zurückgehen kann. Ich habe wirklich langsam die Nase voll von diesem Kram. Als ich an einem Obststand vorbeikomme, nehme ich mir unauffällig einen der Pahazien und reibe sie an meinem T-Shirt ab, bevor ich genüsslich hineinbeiße. Ich liebe diese Dinger, besonders den süßlich-sauren Geschmack. Niemals habe ich etwas Vergleichbares gegessen. Leider wachsen sie nur in Pahaven, einem der Häfen im Süden. Sie werden nur spärlich an die Städte ausgeliefert und so muss man manchmal wochenlang warten, bis wieder eine Lieferung eingeht. Diesmal hatte ich Glück, diese sind ganz frisch. Mein Weg führt mich am Rand des Marktplatzes entlang, und ich bewege mich langsam durch die Menge der Leute, die hin und her strömen. Es ist ganz angenehm sich hier mit den Leuten treiben zu lassen. Ich habe nicht den Anspruch mich wirklich zu beeilen um Sandbart seine Sachen zu bringen.

Als ich an einer schmalen Straße vorbeikomme, höre ich Stimmen, die hitzig miteinander diskutieren. Ich werfe nur einen kurzen Blick auf sie und gehe weiter. An der Ecke des nächsten Hauses bleibe ich jedoch stehen. War das nicht gerade Sandbart? Ich laufe wieder ein paar Schritte rückwärts und schiele um die Ecke in die Straße hinein. Es ist wirklich Sandbart, und er diskutiert mit einer kleinen, älteren Frau. Ich glaube, die habe ich schon mal gesehen … Nach kurzem Überlegen fällt der Groschen. Das ist die Köchin aus dem Kinderheim! Ich glaube, sie heißt Rosa. Ich versuche mich auf das Gespräch der zwei zu konzentrieren.

»Ich weiß nicht, von was du da redest, Sandbart«, faucht sie ihn an, während sie einige Schritte von ihm zurückweicht. »Ich denke, du weißt genau, was ich meine. Sag mir doch einfach, ob es dieses blöde Amulett war, das du ihr gegeben hast oder ein anderes«, zischt er zurück und hält ihr eine Zeichnung vor die Nase. Sie ist aus irgendeinem Buch herausgerissen worden. Zumindest sieht es auf die Entfernung so aus. Als sie keine Anstalten macht zu antworten, geht er entschlossen einen Schritt auf sie zu. Sie weicht erneut ein paar Schritte zurück und hebt beide Hände vor sich, um ihn von sich fernzuhalten.

»Ich warne dich, wenn du mir nicht sofort antwortest, wird er es bereuen!« Er funkelt sie böse an, und seine Stimme ist nur noch ein bedrohliches Brummen. Sie senkt langsam ihre Hände, und ich kann die Furcht in ihren Augen erkennen. Fast unmerklich nickt sie stumm und lässt dann den Kopf ganz sinken. »Na also, das war doch gar nicht so schwer, oder?«, sagt Sandbart schließlich zufrieden und steckt das Bild wieder in seine Tasche. »Ach, eines noch. Falls du ihm etwas von unserer kleinen Unterhaltung hier erzählst, sehen wir uns schneller wieder, als es dir lieb ist, und das wird kein so netter Plausch, wie dieser.«

Er dreht sich um und geht in die hintere Richtung der Straße davon. Ich bleibe noch einen Moment stehen und beobachte die Frau, wie sie tief einatmet, die Schultern strafft und dann ebenfalls in diese Richtung davonläuft. Dieses komische Gefühl ist wieder da, ähnlich wie heute Morgen. Ich habe Mitleid mit ihr. Sie war immer sehr nett zu mir, als ich noch im Heim gewohnt habe. Was ist los mit mir? Ich schüttele die Gedanken ab. Sandbart wird schon seine Gründe haben, sie so zu behandeln. Schulterzuckend wende ich mich ab und mache mich auf den Weg zur Liberty.

Es ist nicht wirklich überraschend, dass ich Sandbart schon am Hafen in die Arme laufe. Ich überlege erst, ob ich erwähnen soll, dass ich ihn beobachtet habe. Doch ich beschließe es für mich zu behalten, ich weiß, wie sauer er werden kann, wenn er mitbekommt, dass jemand etwas ohne seine Zustimmung tut. Außerdem hatte das nichts mit mir zu tun, also kann es mir auch egal sein. »Hast du alles bekommen?«, flüstert er mir zu, während wir gemeinsam über den Steg zur Liberty laufen. »Ja, hab ich.« Ich schaue ihn nicht an. Dennoch spüre ich seinen Blick auf mir, als ich die Holzplanke hinaufgehe und das Deck betrete. Er legt seine Hand auf meine Schulter und zieht mich zu sich heran. »Wir gehen direkt in meine Kajüte.« Seine Aufforderung lässt keine Widerworte zu.

Allerdings wollte ich auch nicht wirklich widersprechen. Schließlich war das Ziel dieses ganzen Tages ja nur, endlich diesen Plan in die Tat umzusetzen. Er geht voran, und ich folge ihm mit etwas Abstand. Im Türrahmen bleibe ich einen Moment stehen, als er eine große Metallschüssel unter seinem Schreibtisch hervorholt und sie schließlich daraufstellt. »Leg alles da hin«, weist er mich an. Ich folge seiner Aufforderung.

Als ich schließlich alle Sachen neben der Schüssel ausgebreitet habe, schaue ich ihn erwartungsvoll an. »Ich bin wirklich gespannt, wie dieser Quatsch, ähm, diese Zauberei funktionieren soll.« Nicht ganz beabsichtigt, spreche ich meinen Gedanken laut aus. Sandbart kommt gerade mit einem Buch in der Hand von der hinteren Ecke des Zimmers zurück und blättert aufgeregt darin herum. Letztendlich hat er wohl die richtige Seite gefunden. Er legt das Buch zu den Zutaten auf den Schreibtisch und fängt an, diese nacheinander in die Schüssel zu geben.

»Dein Unglaube wird sich gleich wandeln.« Er bedenkt mich mit einem überheblichen Blick. Ich starre einfach weiter wie ein Verrückter in die Metallschüssel, als sich die Zutaten zu verbinden beginnen. Nach kurzer Zeit bildet sich ein leichter Nebel, wahrscheinlich liegt es auch daran, dass Sandbart irgendetwas Unverständliches vor sich hin brabbelt, während er immer mehr in die Schüssel hineinwirft. Als er die letzte Zutat hineingibt, zischt es plötzlich in der Schüssel, und ich gehe sicherheitshalber ein paar Schritte zurück, bevor das Ganze noch explodiert. Dann macht es leise *Plopp*, und Sandbart schüttet ein silbriggrünes Pulver in eine kleinere Glasschüssel. Er dreht sie in beiden Händen und grinst zufrieden.

Das war wohl Erfolgreich. Obwohl ich dabei war, habe ich keine Ahnung, was gerade passiert ist. Er dreht sich der Tür zu, die in einen Wandschrank führt, nimmt etwas von dem Pulver in die Hand und pustet es auf das Holz.

Die Tür fängt an zu schillern, sobald das Pulver auf sie trifft. Mir fällt vor Entsetzen die Kinnlade runter, so etwas habe ich wirklich noch nie im Leben gesehen. Sandbarts Grinsen wird breiter, und er stellt die Glasschüssel auf dem Schrank neben der Tür ab. Langsam dreht er den Knauf und zieht an der immer noch schillernden Tür. Ich ziehe zischend die Luft ein, als ich sehe, was dahinter wartet. Der Wandschrank ist verschwunden, stattdessen ist da jetzt eine Wand aus tanzendem Licht, es ist silbern und grün, genau wie dieses Pulver. Ich bekomme das dumme Gefühl, das er gleich von mir verlangt, da hineinzugehen. Noch bevor ich den Gedanke abgeschlossen habe, sieht er mich direkt an. Auf seinem Gesicht liegt ein selbstzufriedener Ausdruck, gemischt mit etwas Dunklem, dass ich nicht genau beschreiben kann.

»Denk dran, du musst sie finden und von dir überzeugen. Das ist der Plan. Jetzt geh da durch.« Seine Stimme ist ein leises Flüstern, gepaart mit einer tiefen Drohung.

Sie jagt mir einen Schauer über den Rücken. Ich kann nicht behaupten, dass ich mich wohlfühle beim Gedanken, da hinein zu müssen. »Ist das auch sicher? Und wie komme ich da wieder weg? Was ist, wenn sie mich doch erkennt, und wie kann ich mit dir Kontakt aufnehmen?« Ich gebe ja zu, dass ich versuche Zeit zu schinden, aber ehrlich gesagt mache ich mir auch gleich vor Angst in die Hose. Sandbart bemerkt meine Unsicherheit, aber sie scheint ihn nicht wirklich zu interessieren. Sein Blick wird härter und dunkler als zuvor.

»Du gehst jetzt da hindurch! Sie wird dich nicht erkennen, zurück kommst du wieder, wenn ich dich zurückholen will, und mit dem hier kannst du mir Bericht erstatten.« Seine Stimme ist ein bedrohliches Grollen. In seiner Hand hält er ein kleines schwarzes Ding. Ich nehme es und betrachte es aufmerksam. Keine Ahnung, was das sein soll. Plötzlich beginnt es in meiner Hand zu vibrieren und eine komische, verzerrte Melodie von sich zu geben. Ich schaue irritiert zu Sandbart und sehe, dass er ebenfalls so ein Ding an sein Ohr hält. »Klapp es auf und halt es an dein Ohr!«, herrscht er mich an. Ich tue, was er sagt. Als ich die Klappe von diesem Ding anhebe, hört es sofort auf zu vibrieren, und die Melodie verstummt.

Ich halte es an mein Ohr und höre Sandbarts Stimme gedämpft aus diesem Ding kommen. »Das ist ein Handy, damit kannst du mich anrufen. Du musst dafür nur die grüne Taste zweimal drücken.« Dann ist er weg, und ich beobachte mit offenem Mund wie er sein Handy zuklappt. Ich mache es ihm nach und stecke es in meine Hosentasche. Irgendwie finde ich dieses Ding schon ziemlich toll. Was dieser Zauberquatsch alles machen kann …

»Los jetzt!«, bellt er mich an und holt mich aus meinen Gedanken. Ich nehme allen Mut zusammen und stelle mich vor die schillernde Wand. Langsam hebe ich meine Hand, um sie zu berühren, sie ist kalt und ganz weich. Ich ziehe sie wieder zurück, nur um zu bemerken, dass sie genauso aussieht wie vorher. Ich strecke nun meinen ganzen Arm hindurch, und auch er hat sich beim erneuten Rausziehen nicht verändert. Sandbart schnauft laut hinter mir, sicherlich schubst er mich gnadenlos hinein, wenn ich nicht gleich freiwillig gehe. Also schließe ich die Augen, atme tief durch und gehe einfach vorwärts.

10

Anfangs umfängt mich ein kalter Schauer, derselbe, den ich schon an meiner Hand gespürt habe, doch dann wird es nass. Ich spüre große Regentropfen, die in Strömen auf mich niederprasseln. Schnell öffne ich die Augen und schaue nach oben. Der Himmel ist überzogen mit schwarzen, tiefhängenden Wolken. Als ich mich umsehe, erkenne ich Bäume und eine große Rasenfläche. Links von mir ist ein verlassener Spielplatz. Etwas entfernt sehe ich ein paar Menschen mit großen Schirmen die Straße entlangstürzen. Als ich gerade beschließe, in ihre Richtung zu gehen, vibriert meine Hosentasche, und diese furchtbare Melodie ertönt. So schnell ich kann, ziehe ich das Handy aus meiner mittlerweile klatschnassen Hose und klappe es auf.

»Ja«, brülle ich etwas zu laut hinein.

»Lenni? Hat es geklappt? Bist du angekommen?« Sandbart klingt ganz aufgeregt.

Ich überlege einen Moment, ihn aufs Korn zu nehmen, entscheide mich aber schnell wieder anders. Diese Sache hier ist zu wichtig für ihn, äh – für uns.

»Ich denke, ich bin angekommen. Allerdings regnet es hier wie verrückt, und ich habe keine Ahnung, wo ich bin.« Während ich mit ihm spreche, drehe ich mich nochmal im Kreis, um die Gegend anzuschauen. »Ich schicke dir eine Karte auf das Handy, da siehst du, wo du hinmusst. Frag dich einfach durch. Wir hören uns später wieder. Bis dann, und nicht trödeln!«

Ich habe keine Möglichkeit nachzufragen, wo ich diese Karte auf dem Handy finden kann, denn er hat schon aufgelegt, bevor ich überhaupt Luft holen konnte. Ich starre einen Moment auf dieses kleine, schwarze Ungetüm, als es plötzlich wieder vibriert und ein leises *Piep-piep* von sich gibt. Ich schaue auf den Bildschirm, der jetzt anfängt zu leuchten und einen kleinen Briefumschlag anzeigt. Zitternd tippe ich auf die Taste darunter, über der »Ansehen« steht. Es ist wirklich verdammt kalt, wenn man im strömenden Regen herumsteht. Schon erscheint eine Karte auf dem kleinen Bildschirm. An einer Stelle ist ein roter Punkt, wahrscheinlich ist das die Straße, in der Eva wohnt. Ich tippe mit meinen Fingern auf dem Punkt herum, und die Karte vergrößert sich wie durch Zauberhand genau an dieser Stelle. »Steinstraße 35« ist jetzt sehr deutlich zu lesen, somit steht das Ziel fest.

Ich laufe langsam auf die Straße zu, auf der ich vorhin schon Leute gesehen habe, irgendjemand von denen wird mir ja wohl sagen können, wie ich zu dieser Steinstraße komme. Der erste Erdenmensch, der an mir vorbeikommt, ist ein älterer Mann. Ich stelle mich ihm mitten in den Weg, und er bleibt abrupt stehen. »Was willst du, junger Mannr?«, fragt er mich, während er mich von oben bis unten mustert. Für ihn wirke ich wahrscheinlich absolut idiotisch, weil ich im strömenden Regen ohne Schirm unterwegs bin, und dann auch noch so gekleidet.

»Ich suche die Steinstraße, können Sie mir sagen, wo die ist?«, frage ich ihn etwas genervt, sein musternder Blick ist wirklich unangebracht. »Müsstest du nicht in der Schule sein, Bursche? Die beginnt doch schon in zehn Minuten. Du solltest dich lieber beeilen, sonst kommst du zu spät.« Mit diesem Satz drückt er sich an mir vorbei und lässt mich einfach stehen. Ich muss mich wirklich davon abhalten, mein Messer zu zücken und ihm – egal! Ich atme tief durch und nehme das Handy aus der Tasche. Zweimal drücke ich die grüne Taste und höre ein Tuten, als ich es an mein Ohr halte. Nach dem zweiten höre ich Sandbarts Stimme.

»Was denn?«, bellt er mich an. So langsam macht mich das Ganze hier wirklich sauer, und Sandbarts Nörgelei fehlte mir jetzt gerade noch. »Pass mal auf, ich stehe hier im beschissenen Regen, mir ist eiskalt, und ich bin klatschnass! Dazu kommt, dass mich so ein alter Knacker gerade gemaßregelt hat, weil ich nicht in der Schule bin. Ich vermute mal, dass Eva dort ist. Also klär mal, dass ich da auch hingehen kann und wie ich da hinkomme.« Nachdem ich fertig gesprochen habe, lasse ich ihm auch keine Gelegenheit zu antworten und klappe das Handy einfach zu. Der kann mich mal!

Bis er das geklärt hat, suche ich mir mal trockene Klamotten und auch so einen Schirm. Ich steuere auf einen kleinen Laden zu, auf der gegenüberliegenden Straßenseite. In dem Schaufenster stehen Puppen, vermutlich ist es so was wie eine Boutique. Ich betrete den Laden, der zu meinem Glück relativ voll ist. Ich suche mir an den Kleiderstangen irgendwelche Klamotten raus und betrete eine der Kabinen. Es dauert ewig, bis ich die nassen Sachen endlich von meinem Körper geschält habe. Achtlos werfe ich sie einfach auf den Boden. Dann ziehe ich mir die trockenen Sachen über und nehme mein Kopftuch ab. Der Regen in meinen Haaren tropft mir auf die Schultern.

Ich verlasse die Kabine, nachdem ich alle Zettel von den Klamotten entfernt habe, und suche nach etwas, das ich als Handtuch benutzen kann.

Ein Blick in den großen Spiegel lässt mich schmunzeln. Noch nie habe ich so lustig ausgesehen. Lange blaue Jeans und ein eng anliegendes braunes Shirt, mit irgendeinem Logo darauf. Total verrückt! Zu meiner Überraschung finde ich im hinteren Teil des Ladens wirklich Regale, auf dem Handtücher liegen, und rubbele mir damit die Haare trocken. Danach verlasse ich das Geschäft, doch bevor ich hinausgehe, nehme ich mir noch einen der Schirme aus dem Schirmständer neben der Tür. Vor dem Laden spanne ich den Schirm auf und wende mich nach rechts, um die Straße entlangzulaufen. Ich komme nur ein paar Schritte weiter, als plötzlich das mittlerweile vertraute Vibrieren in meiner Hose anfängt. Ich nehme das Handy aus der Tasche, klappe es auf und halte es ans Ohr.

»Ja, hallo?«, lautet meine Begrüßung.

»Ich habe die Schule angerufen und gesagt, dass mein Sohn ab heute dort zur Schule geht, weil wir hierhin umgezogen sind. Sie erwarten dich. Also frag dich dahin durch und beeil dich, sonst bist du zu spät.« Er legt wieder auf, noch ehe ich etwas erwidern kann.

Also mache ich, was er mir gesagt hat. Die nächste Person, die ich anspreche, ist eine Frau, und sie zeigt mir bereitwillig und sehr freundlich den Weg zur Schule. Die glücklicherweise auch nur eine Straße entfernt ist. Ich erreiche das Gebäude, als es gerade klingelt, und stürze hinein. Direkt an der Tür stoße ich mit einer Frau zusammen, die mehrere Papiere in den Armen hält. Ich murmele eine knappe Entschuldigung, und sie schaut mich fragend an.

»Ich bin neu hier, wissen Sie, wo ich hin muss?«, frage ich sie etwas zerknirscht. Mir gefällt es ganz und gar nicht, dass ich mich hier ruhig und anständig benehmen muss, das ist eigentlich so überhaupt nicht meine Art. »Wahrscheinlich musst du zu mir. Wer bist du denn?« Sie ist wirklich freundlich. »Ich bin Lenni. Mein Vater hat vorhin angerufen, wir sind gerade hergezogen.« Es fühlt sich total seltsam an, von Sandbart als Vater zu sprechen. Doch ich versuche möglichst freundlich zu gucken, ohne mir diese Gefühlswirrung anmerken zu lassen.

»Ah ja, du musst in die 10A, das ist Herr Körbers Klasse. Warte kurz.« Noch während sie mit mir spricht, läuft sie an mir vorbei zu einem kleinen, dicken Mann mit Halbglatze.

Bei seinem Anblick muss ich mir echt das Lachen verkneifen. »Bernd, warte mal. Das ist dein neuer Schüler.

Kannst du ihn bitte mit in die Klasse nehmen?« Der Mann winkt mich zu sich rüber. Bei ihm angekommen nicke ich ihm kurz zu, und er läuft schweigend voran. Ich folge ihm, bis er schließlich vor einer Tür stehenbleibt. Er öffnet sie und geht hinein, mit mir im Schlepptau. Mein Blick wandert über die Jugendlichen im Zimmer und erstarrt kurz, als ich sie wiedererkenne. Sie ist gerade dabei, in ihrer Tasche zu wühlen, das gibt mir die Gelegenheit, sie einen Moment zu beobachten. Das Räuspern des Mannes neben mir lässt mich zusammenzucken, auf einmal wird alles still. Herr Körbers Stimme klingt rau und tiefer, als ich erwartet habe. Auf einmal spüre ich seinen Blick auf mir und versuche mir nochmal ins Gedächtnis zu rufen, was er gerade gesagt hat. Ich glaube, es war irgendwas mit Vorstellen, wahrscheinlich soll ich mich der Klasse vorstellen.

»Oh, okay. Hallo. Ich komme von einer anderen Schule und darf mich jetzt hier quälen lassen«, sage ich gelangweilt, und es bringt mir die Aufmerksamkeit, die ich mir von ihr erhofft habe. Denn sie schaut mir direkt in die Augen.

11

Eva

Nachdem Mila mich schulterzuckend angeschaut hat, wandert mein Blick wieder nach vorne, und ich starre in diese unheimlich vertrauten Augen. Das Husten von Herrn Körber lässt uns beide zusammenzucken.

»Du kannst dich da hinten auf den freien Platz setzen. Dann können wir mit dem Unterricht beginnen«, sagt er bestimmt und zeigt auf den freien Stuhl in der Reihe hinter mir. Während des ganzen Unterrichts spüre ich seinen Blick im Nacken. Ich erwische ihn sogar bei einem verstohlenen Blick über meine Schulter. Doch er grinst mich nur frech an, und ich drehe mich sofort wieder nach vorne. Jetzt fühle ich mich ertappt, obwohl er eigentlich derjenige war, der mich die ganze Zeit angestarrt hat. Seine Augen müssten sich mittlerweile in meinen Hinterkopf eingebrannt haben. Ich bin heilfroh, als die Klingel zur Pause läutet. Direkt nehme ich alle meine Sachen und stürze aus dem Klassenzimmer.

Mila ruft noch hinter mir, aber ich ignoriere sie einfach, wir werden uns schon in unserer Ecke wiederfinden. Ich muss etwas Platz zwischen mich und diesen Lenni bekommen. Obwohl ich unheimlich gerne wissen würde, warum er mir so bekannt vorkommt. Ich setze mich auf die kleine Mauer in unserer Ecke und schließe meine Augen. Mit dem Kopf im Nacken genieße ich die wenigen Sonnenstrahlen, die sich durch die dunklen Wolken kämpfen. Glücklicherweise hat der Regen aufgehört. Wieso nur kommt er mir so bekannt vor? Ich versuche wirklich angestrengt, meine Gedanken zu ordnen, als ich Milas Schritte näherkommen höre. »Was hat der Neue eigentlich für Probleme, dass der mich die ganze Stunde so anstarren muss?«, platzt es sofort aus mir raus. Doch ich laufe rot an, als ich die Augen öffne und meine Freundin anschaue. Direkt hinter ihr steht er und schaut mich amüsiert an. Mein Blick wandert wieder zu Mila, die jetzt entschuldigend mit den Schultern zuckt und stumm ein »Sorry« von sich gibt. Na toll, jetzt habe ich mich mal schön zum Affen gemacht. Ich drehe mich weg und versuche mir mein Brot aus der Tasche zu fischen, um ein Stück abzubeißen. Wenn mein Mund mit Kauen beschäftigt ist, kann mir wenigstens nicht noch so eine blöde Bemerkung herausrutschen.

Mila setzt sich neben mich auf die Mauer, und Lenni bleibt an exakt derselben Stelle stehen und mustert uns weiter. Was ist nur sein Problem? Warum hängt er sich jetzt ausgerechnet an uns? Bei den Jungs wäre er doch sicher besser aufgehoben. Doch ich ahne schon, warum er hier ist, als ich im Augenwinkel Mila beobachte. Sie bringt wirklich ihr ganzes Flirt-Talent zum Besten.

»Also Lenni, wo kommst du eigentlich her?«, fragt sie ihn schließlich. »Ähm, von einem kleinen Dorf, das ist ziemlich weit weg«, antwortet er knapp. Wieder läuft mir ein leichter Schauer über den Rücken, als ich seine dunkle, raue Stimme höre. Das macht mich noch wahnsinnig, dass ich nicht weiß, warum er mir so bekannt vorkommt. Mila scheint mit seiner Antwort zufrieden zu sein, denn sie macht direkt weiter mit ihrem Verhör. »Was machst du so, wenn du gerade nicht in der Schule bist? Ich meine, du trainierst sicher, so wie du aussiehst.« Wenigstens hat sie den Anstand, ein wenig rot zu werden bei dieser Frage, noch offensichtlicher kann sie sich ihm ja gar nicht an den Hals werfen. Auf seinem Gesicht erscheint ein Schmunzeln, während er an sich herunterschaut. Ich erwische mich dabei, wie ich auch anfange, seinen muskulösen Körper zu mustern.

Bestimmt geht er dreimal die Woche ins Fitnessstudio, um so auszusehen. Es ist nicht so extrem wie bei einem Bodybuilder, aber doch mehr definiert als bei anderen Jungs.

»Ja, ich trainiere ein bisschen«, sagt er süffisant und schaut mich dabei an. Ich schaue direkt weg, prima, jetzt hat er mich schon wieder beim Gaffen erwischt. Ich will ihm am liebsten an den Kopf werfen, dass Mila diejenige ist, die hier mit ihm flirten will und nicht ich. Doch das wäre ganz schön unhöflich, und bisher war er ja eigentlich ganz nett, also kommt es mir falsch vor, ihn so anzufauchen. »Ich bin übrigens Lenni, und du bist Eva, richtig?«, fragt er mich plötzlich und hält mir seine Hand hin. Ich sehe ihn verdutzt an. Woher kennt er meinen Namen?

»Mila hat mir von dir erzählt«, beantwortet er meine unausgesprochene Frage. Ich schaffe es, meinen Kopf mit meinem Körper zu verbinden und ihm ebenfalls die Hand zu geben. Als ich sie berühre, geht ein Prickeln von dort aus durch meinen ganzen Körper. Zu meiner kompletten Verblüffung zieht er meine Hand näher zu sich heran und haucht einen zarten Kuss auf meine Fingerknöchel. Mir klappt die Kinnlade herunter, und ich starre ihn einfach nur an, während er durch seine dichten Wimpern zu mir schaut.

Auf einmal erscheint das Gesicht von Louis vor meinem geistigen Auge, und ich ziehe schnell meine Hand zurück. Er schaut zwar etwas verwirrt, lässt seine Hand jedoch sinken und setzt schließlich ein schiefes Grinsen auf. »Hi«, murmle ich und verschränke meine Arme vor der Brust. Mila hat die ganze Sache mit großen Augen beobachtet und versucht jetzt mit einem übertriebenen Räuspern die Aufmerksamkeit wieder auf sich zu ziehen. »Was machst du heute nach der Schule?« Okay Mila, jetzt wirst du aber ziemlich dreist, du kennst den Kerl doch gar nicht. Ich funkle sie böse von der Seite an, doch sie ignoriert mich. »Keine Ahnung, ich kenne mich hier ja überhaupt nicht aus. Vielleicht könnt ihr mir die Stadt zeigen«, antwortet er hoffnungsvoll und lächelt dabei.

»Ja sicher, Eva und ich führen dich ein bisschen herum, und wir zeigen dir die Hotspots.« Mila zwinkert ihm zu und lacht dann los, Lenni stimmt ein, und ich schaue einfach nur stumm vor mich hin. Super, jetzt muss ich zu einer Zwangsverabredung, weil meine beste Freundin nicht einfach mal die Klappe halten kann und mir auf die Schnelle keine glaubwürdige Ausrede einfällt. Das Klingeln zur nächsten Stunde erlöst mich aus dieser ganzen Situation, und ich nehme meine Sachen, um in die Klasse zu gehen.

Den Rest des Schultages habe ich getrennt von Mila und Lenni Unterricht. Ich erwische mich jedoch immer wieder dabei, wie ich gedankenverloren über meine Fingerknöchel streiche. Die Stunden verstreichen in einem Meer aus Tagträumen und verschwommenen Erinnerungen. Immer wieder sehe ich Louis' Gesicht, sein warmes Lächeln und seine wunderschönen Augen, doch dann schleicht sich Lennis Gesicht in diese Bilder, und ich sehe sein schiefes Grinsen und seinen muskulösen Körper. Ich weiß, als es zum Ende der Schulzeit klingelt, nicht mehr genau, warum ich eigentlich so unfreundlich zu ihm war, er wirkte wirklich nett. Ich schiebe diesen unangenehmen, verrückten Gedanken, dass ich ihn irgendwoher kennen könnte, einfach ganz nach hinten in meinem Kopf und beschließe, ihm eine Chance zu geben, damit ich ihn kennenlernen kann. Vielleicht fällt mir dann auch wieder ein, warum er mir scheinbar so vertraut vorkommt. Mila und Lenni warten schon vor dem Schulgebäude auf mich, und ich setze mein überzeugendstes, falsches Lächeln auf und laufe zu ihnen rüber. »Da bin ich, danke fürs Warten. Wo wollen wir als erstes hin?«, lautet meine übertrieben freundliche Begrüßung. Wenn ich nicht ein bisschen Tempo rausnehme, wird Mila wahrscheinlich gleich stutzig werden.

»Ich dachte, wir gehen erst mal zur Pizzeria, um uns was zu essen zu holen, und dann schauen wir mal«, antwortet Mila und schaut mich etwas argwöhnisch an. Ich nicke lächelnd und warte auf Lennis Reaktion. »Klingt doch nach einem Plan. Ich folge euch, Ladies«, sagt er und setzt wieder dieses schiefe Grinsen auf. Wir machen uns auf den Weg zur besagten Pizzeria, und Mila quatscht die meiste Zeit von irgendwelchen Neuigkeiten, die sie im Laufe der letzten Unterrichtsstunden aufgeschnappt hat. Ab und zu erklärt sie Lenni irgendetwas zu den Leuten, um die es bei dem Tratsch geht, oder zeigt auf ein Gebäude, um ihm zu sagen, was sich dort befindet. Ich laufe stumm nebenher und nicke nur gelegentlich oder lasse ein »Hm« verlauten. Lenni hört ihr hingegen aufmerksam zu und stellt viele Fragen, wenn ihm etwas unklar ist. Er scheint wirklich nett zu sein, wenn er bei diesem Redeschwall nicht das Weite sucht.

Nach zwanzig Minuten haben wir endlich die Pizzeria erreicht und suchen uns einen Platz am Fenster. Wir bestellen eine große Salamipizza, die wir uns teilen wollen. Während wir warten, löchert Mila, Lenni mit allen möglichen Fragen, die er wirklich alle beantwortet. Ich nippe an meiner Cola und schaue aus dem Fenster.

Milas Husten neben mir lässt mich herumfahren, und ich sehe, dass sie mich beide erwartungsvoll anstarren. Ich habe irgendwie meinen Kopf ausgeschaltet und keine Ahnung, wer von den beiden mich etwas gefragt hat. Also schaue ich hilfesuchend zu Mila.

»Wir haben gerade darüber gesprochen, ob wir Geschwister haben. Lenni hat einen Bruder, und er wollte gerne wissen, ob du auch welche hast.« Mila schaut mich auffordernd an, sie kann wirklich einschüchternd sein, wenn sie so guckt. Ich stelle meine Cola auf dem Tisch ab und räuspere mich kurz. »Entschuldigung, ich wollte nicht unhöflich sein«, murmle ich. »Nein, ich habe keine Geschwister. Meine Eltern haben sich scheiden lassen, und ich bin ihr einziges Kind. Meine verrückte Idee war es, keinen der beiden loszulassen, also lebe ich jetzt immer im Zwei-Wochen-Rhythmus bei einem von beiden.« Ich habe wirklich keine Ahnung, warum das auf einmal alles so aus mir herausplatzt. Lenni schaut mich aufmunternd an, und ich möchte am liebsten auf meinem Stuhl verschwinden. Eigentlich ist diese Geschichte ja kein Geheimnis, allerdings habe ich sie noch nie einem Fremden erzählt. Doch ein Blick in Lennis Gesicht lässt mich die Überraschung darüber ein wenig vergessen.

Er sieht nicht genervt oder belustigt aus, sondern wirklich mitfühlend. Das macht ihn direkt sympathischer.

Der Rest des Essens verläuft wirklich gut. Wir plaudern über alles Mögliche und erfahren, dass Lenni nicht mit seinem Bruder zusammenwohnt beziehungsweise dass sie sich nicht wirklich gut verstehen. Er kann keinerlei Instrumente spielen, was er wohl ziemlich bereut, denn er liebt Musik. Außerdem kann er unheimlich gut schnitzen, was nicht unbedingt eine alltägliche Fähigkeit ist und ihn somit, nach Milas Meinung, zu etwas Besonderem macht. Als wir aufgegessen haben, zahlt Mila für uns, und wir verlassen das Restaurant. Lenni hat schon vorher gesagt, dass er kein Geld dabeihat, versprach aber, beim nächsten Mal zu zahlen. Vor der Tür übernimmt Mila wieder die Führung, und wir schlendern gemeinsam durch die Stadt. Lenni entwickelt sich immer mehr zu einem wirklich tollen Gesprächspartner. Er ist freundlich, lustig und charmant, aber nicht aufdringlich. Als es Zeit wird, nach Hause zu gehen, besteht er darauf, uns zu begleiten. »Damit euch nichts passiert, Ladies«, sagt er mit einem Augenzwinkern. Mila schmilzt fast dahin. Sie ist ihm im Laufe des Nachmittages immer mehr verfallen, ich kann es in ihren Augen sehen.

Ich muss zwar gestehen, dass Lenni wirklich ein toller Kerl ist, allerdings ist er nicht mein Typ. Mila und ich hatten schon immer einen unterschiedlichen Geschmack, wenn es um Jungs ging, was auch gut ist, so müssen wir uns wenigstens nicht um sie streiten. Wir verabschieden uns von Mila, als wir ihr Haus erreicht haben.

Sie umarmt mich wie immer und fällt dann zu seiner sichtlichen Überraschung auch Lenni um den Hals. Er erwidert ihre Umarmung, doch sein Gesicht lässt mich leise kichern. Als sie ihn endlich freigegeben hat, hüpft sie fröhlich zu ihrer Tür und verschwindet im Haus. »Sie ist wirklich … hmm … herzlich«, flüstert er mir zu, während wir uns von dem Haus entfernen und zu meinem Haus aufmachen. Ich kann mir mein Lachen nicht länger verkneifen, und er stimmt mit ein.

12

Lenni

Ihr Lachen trifft mich mitten ins Herz. Der Nachmittag mit Eva und ihrer Freundin war wirklich anders als alles, was ich bisher erlebt habe. Mila ist wirklich ein verrücktes Ding, und Eva ist einfach toll. Ich verstehe mittlerweile, was Louis an ihr findet. Sie ist wirklich außergewöhnlich. Jedoch nicht auf eine Freund-und-Freundin-Art, sondern eher als Kumpel. In der Pause heute Morgen hatte ich nicht das Gefühl, dass wir uns am Ende des Tages so gut verstehen würden. Es deutete eher darauf hin, dass sie mich total abweist. Aber ein bisschen Extra-Charme scheint doch Wunder gewirkt zu haben. Ich beobachte sie von der Seite, während wir die Straße entlanggehen. Sie bemerkt, dass ich sie beobachte und schaut mich direkt an.

»Was denn?« Sie mustert mich schmunzelnd. »Ich dachte nach deinem Satz in der Pause heute Morgen nicht, dass wir uns am Ende des Tages so gut verstehen würden.

Ich dachte, du kannst mich nicht leiden.« Wo kam das denn jetzt her? Den ganzen Tag mit denen zusammen zu sein lässt Gefühle in mir aufkommen, schlimmer noch! Es macht mich zu einem Mädchen.

Ich verdrehe die Augen und konzentriere mich stur auf die Straße vor mir. »Hm, das tut mir leid, wenn es so rüberkam. Ich denke, ich war einfach verwirrt, weil du mir so vertraut vorkamst, und ich wusste nicht woher.« Sie schüttelt unmerklich den Kopf. »Ich bin froh, dass wir uns etwas besser kennengelernt haben und du wirklich nett bist.« Alle meine Muskeln spannen sich an, während sie spricht. Sie kann sich also doch irgendwie erinnern, aber wohl nicht genug. Ich versuche mein Unbehagen ein wenig zu verschleiern und nicke nur stumm. Ich muss wirklich vorsichtig sein, damit die Erinnerung an das Wolkenreich nicht komplett zurückkommt. Schließlich hält sie vor einem großen, weißen Haus an. Es sieht für mich mehr aus wie ein Palast. Kaum zu glauben, dass sie mit ihrer Mutter hier alleine wohnt. Es gibt sogar einen kleinen gepflasterten Weg, der von der Straße zur Eingangstür führt. Das Haus an sich hat mindestens zwei Etagen und aufwändig verzierte Fensterläden in einem hellen Braun. Es ist wirklich schön, für ein Haus.

»Hier wohne ich. Ich weiß, es ist der Hammer.« Mein Gesicht scheint das Erstaunen über diesen Palast wohl zum Ausdruck zu bringen. Ich nicke kurz. »Dann bis morgen«, sagt sie noch, während sie über die Pflastersteine in Richtung Haustür davonläuft.

»Ja, bis dann«, rufe ich noch schnell, bevor die Tür ins Schloss fällt. Soviel zu meinem ersten Tag hier unten. Die Frage ist jetzt nur, was ich machen soll. Wo kann ich schlafen? So langsam habe ich das Gefühl, dass dieser ganze Plan eine absolute Schnapsidee war. Als ich gerade leise vor mich hin fluche, fängt meine Hosentasche an zu vibrieren. Na, der kommt mir gerade recht. Ich ziehe es heraus und halte es ans Ohr. »Gut, dass du anrufst …« Meine Stimme trieft vor Ironie, doch ich bekomme nicht die Gelegenheit weiterzusprechen.

»Wo bist du? Mach dich wieder auf den Weg zu dem Platz, an dem du heute Morgen gelandet bist, und zwar sofort. Wenn dieses Handy das nächste Mal klingelt, bist du hoffentlich dort, sonst schläfst du heute da unten!« Nachdem er mich angebrüllt hat, ist er weg, und ich starre auf den schwarzen Bildschirm. Was heißt *sonst schläfst du heute da unten*? Mir war gar nicht klar, dass es da auch eine andere Option gibt.

Immer noch völlig verblüfft, mache ich mich auf den Weg zu diesem Park, an dem ich heute Morgen in diese Welt eingetaucht bin. Wenigstens lässt mich mein Orientierungssinn nicht im Stich, und ich stehe ungefähr zehn Minuten später wieder genau an der Stelle, an der ich am Morgen vom Regen durchgeweicht wurde. Ich muss meine Hände auf den Oberschenkeln abstützen, um wieder etwas Luft in meine Lungen zu bekommen, als das Vibrieren in meiner Hand meine Aufmerksamkeit fordert.

»Jap«, keuche ich hinein.

»Bist du angekommen? Bist du alleine?«, fragt Sandbart von der anderen Seite, und ich schaue mich in der Gegend um. »Ja, ich bin angekommen, und hier ist niemand außer mir«, erwidere ich nach ein paar Sekunden. »Gut, dann geht es jetzt los«, sagt er knapp und legt wieder auf, bevor ich natürlich fragen kann, was zur Hölle gleich losgeht. Ich verfluche mittlerweile dieses schwarze Ding in meiner Hand. Wieso hat man so etwas überhaupt? Es nimmt dir jegliche Möglichkeiten, sich mit jemandem anständig zu unterhalten, das kann doch niemandem gefallen. Während ich weiter wütend auf dieses Handy starre, spüre ich hinter mir einen leichten Luftzug, der mich dazu verleitet, hinter mich zu schauen.

Ich krieg den Mund nicht mehr zu vor Staunen, als ich die Wand aus Sandbarts Schrank mitten auf der Wiese vor mir entdecke. Das ist ja wohl der absolute Hammer! Ich laufe vorsichtig darauf zu, es ist wirklich genau dieselbe wie heute Morgen, zumindest sieht sie ganz genauso aus. Ich berühre sie wieder leicht mit den Fingern und stecke dann meine Hand ganz hindurch. Bevor ich meine Hand wieder herausziehen kann, ergreift sie jemand und zieht mich durch die schillernde Wand. Direkt spüre ich wieder diesen kalten Hauch und dann Wärme, die mir in einem zähflüssigen Schwall entgegenschlägt. Sofort rieche ich den vertrauten Geruch von Holz und Rum, das ist definitiv die Liberty.

Ich öffne meine Augen, die ich fest geschlossen hatte, während ich durch dieses schillernde Ding gezogen wurde. Vor mir steht Sandbart mit einem breiten Grinsen. Wir stehen wirklich wieder in Sandbarts Kajüte. »Willkommen zurück!«, sagt er feierlich. Ich bin immer noch etwas verwirrt von dieser erneuten Reise durch das Portal. »Wie hat alles funktioniert? Hast du sie gefunden? Hast du mit ihr gesprochen?« Er haut mir die Fragen mehr oder weniger um die Ohren.

Doch ich will ihn noch einen Moment zappeln lassen, also gehe ich erst mal langsam zu dem Sofa rüber, das an der anderen Seite des Raumes steht und mache es mir darauf gemütlich. Ich spüre seinen bohrenden Blick auf mir, doch ich lasse mir alle Zeit der Welt. Vielleicht merkt er dann mal, wie es ist, wenn man Fragen hat, sie aber nicht sofort beantwortet bekommt. Das kann wirklich frustrierend sein. Nach einer gefühlten Ewigkeit ist sein Kopf so rot wie eine Tomate. Ich habe das Gefühl, wenn ich ihm nicht gleich antworte, platzt ihm der Schädel vor aufgestauter Wut. Also strecke ich mich nochmal genüsslich und schaue ihn dann direkt an.

»Ja, ich habe sie gefunden. Ich habe den ganzen Tag mit ihr und ihrer nervigen Freundin verbracht und mich von meiner besten Seite gezeigt. Wenn du mich fragst: eine schauspielerische Glanzleistung. Sie scheint wirklich nicht zu wissen, wer ich bin oder was passiert ist. Außerdem sehen wir uns morgen in der Schule wieder.« Ich ziehe eine Grimasse bei dem Wort »Schule«, nur um deutlich zu machen, was ich davon halte, dorthin zu gehen. Die Schule im Wolkenreich habe ich meistens geschwänzt. Den ganzen Tag auf einem Stuhl sitzen und irgendwelche Sachen lernen, war noch nie mein Ding.

Sandbart scheint zufrieden mit meinem Bericht und entlässt mich, damit ich schlafen gehen kann. Als ich endlich in meinem Bett liege, merke ich, wie erledigt ich wirklich bin. Sandbart will mich morgen bei Sonnenaufgang wieder zurückschicken, damit ich pünktlich zur Schule komme. Ich schließe die Augen und schlafe sofort ein.

13

Louis

Rosa stützt mich, bis wir endlich in ihrem Laden angekommen sind. Dort lässt sie mich behutsam auf den Lehnsessel sinken und verschwindet in ihrem Hinterzimmer, um Verbandsmaterial zu suchen. Ich bleibe also einen Moment mit meiner schmerzenden Verzweiflung zurück. Allerdings schlägt die fast augenblicklich in blanke Wut um, und diese richtet sich mit jeder Faser meines Herzens gegen Sandbart. Ich schwöre mir still, dass ich bei der nächsten Gelegenheit, in der ich mit ihm alleine bin, mich für das alles hier revanchieren werde. Während ich so in Gedanken bin, merke ich kaum, dass Diego auf meinem Schoß Platz genommen hat und mir auffordernd über die Hände schleckt. Er will unbedingt gekrault werden, und ich tue ihm den Gefallen.

Schließlich kommt Rosa aus ihrem Hinterzimmer zurück. Sie trägt eine große Schüssel, Tücher und eine kleine Flasche.

Sie stellt alles auf den Tresen neben meinem Sessel. Dann tropft sie etwas von der bräunlichen Flüssigkeit auf eines der Tücher. Mir steigt direkt ein unangenehmer Geruch nach faulen Eiern in die Nase, und ich verziehe das Gesicht.

Sofort durchzuckt mich ein Schmerz, und ich versuche einfach durch den Mund zu atmen, während Rosa mit dem Tuch näherkommt. Sie tupft vorsichtig über die offene Stelle auf meiner Wange. Als sie das erste Mal mein Gesicht berührt, sauge ich scharf die Luft durch meine zusammengebissenen Zähne ein. Sie schaut entschuldigend auf mich herunter, in ihrem Blick liegen aber auch Besorgnis und ein anderer Schmerz, den ich nicht deuten kann. Nach kurzer Zeit ist sie fertig mit der Tortur. Zum Schluss gibt sie noch eine dünne Schicht Salbe auf die Wunde, die nach Wildblumen duftet – wesentlich besser als der furchtbare Gestank aus diesem Fläschchen. Ich warte weiter stillschweigend, bis sie mit der gesamten Behandlung fertig ist. Als sie endlich alle Sachen beiseite gelegt hat, schaut sie mich mitfühlend an. Ich erwidere ihren Blick. »Danke«, seufze ich leise und versuche, etwas tiefer Luft zu holen. Mittlerweile brennt wenigstens nicht mehr jeder Atemzug in meinen Lungen.

Doch ich vermute, dass mindestens eine Rippe angeknackst ist. Ich will nicht, dass Rosa sich noch mehr Sorgen macht, also versuche ich es, so gut ich kann, zu kaschieren und setze ein Lächeln auf. Es scheint zu funktionieren, oder sie spielt einfach mit, auf jeden Fall lächelt sie zurück.

»Immer wieder gerne, mein Lieber«, erwidert sie schließlich, und in ihren Augen liegt diese vertraute Wärme. Sie setzt sich auf den Sessel neben meinem und mustert mich stumm von der Seite. Ich weiß nicht warum, aber es schleicht sich ein ungutes Gefühl in mein Unterbewusstsein. Rosas leises Schluchzen durchbricht plötzlich die Stille, und ich versuche mein Gewicht auf dem Sessel so zu verlagern, dass ich mich zu ihr vorbeugen kann, ohne dass es zu schmerzhaft wird. Ich brauche einen Moment für dieses Vorhaben, finde jedoch letztendlich eine nicht ganz so unangenehme Position und greife nach ihrer Hand. Diego schwebt direkt neben ihrem Ohr und fiept leise. Er will sie auch gerne trösten. »Mir geht es wirklich gut. Das bisschen hier wird schon wieder in Ordnung kommen«, flüstere ich ihr zwischen den Schluchzern zu. Sie schaut mit glasigen Augen zu mir auf, und ich habe das Gefühl, dass die Verletzungen gar nicht der Grund sind für ihre Tränen.

Wieder merke ich dieses ungute Gefühl, das sich jetzt noch deutlicher in meinem Körper ausbreitet.

»Ich habe etwas Furchtbares gemacht, Louis, und ich fürchte, wenn ich es dir verrate, wirst du mich für immer hassen. Das könnte ich nicht ertragen«, jammert sie auf einmal, und weitere Tränen strömen über ihr Gesicht. »Das kann ich mir nicht vorstellen, Rosa, sag mir einfach, was passiert ist. Wir bekommen das schon wieder hin« hauche ich zurück, allerdings traue ich meinen eigenen Worten nicht wirklich. Was auch immer passiert ist, muss schon ziemlich schlimm sein, sonst würde sie sicherlich nicht so reagieren. Ich nehme mir fest vor, auf alles gefasst zu sein. »Eva kam zu mir in einer Nacht, ich habe sie um ein Treffen gebeten. Ich wollte ihr von der Legende der Schwarzen Grotte erzählen, da ich mir sicher war, dass du das nicht gemacht hast. Genau so war es dann auch. Ich habe sie dann darum gebeten, zurück nach Hause zu gehen. Aber nur, um dich zu beschützen, und glaub mir, es war das Schwerste, was ich jemals machen musste. Da ich mir sicher war, dass sie nicht in der Lage sein wird, dich einfach so gehen zu lassen und du sie bestimmt auch nicht einfach so nach Hause schickst, habe ich ihr ein Amulett geschenkt.

Es ist das Amulett der verlorenen Liebe. Nur durch einen Kuss kann es ausgelöst werden und lässt den, der es trägt, alles vergessen, was im Wolkenreich passiert ist. Und es schickt dich zu dem Moment zurück, an dem du das erste Mal von dem Wolkenreich erfahren hast. Ich wollte einfach sichergehen, dass sie wirklich nach Hause geht und du sie wieder erreichen kannst, wenn die Gefahr vorüber ist.«

Während sie gesprochen hat, sind ihre Tränen versiegt, dafür ist mein Blick jetzt verschleiert von dem Kloß, der mir im Hals steckt. Ich ziehe langsam meine Hand zurück und atme die ganze Luft aus, die ich während ihrer Geschichte angehalten habe. Ich hatte mir zwar fest vorgenommen, auf alles gefasst zu sein, aber damit habe ich nicht gerechnet. Ich spüre nur noch eine Leere, wo einmal mein Herz geschlagen hat. Ich glaube, es ist mir einfach gerade herausgerissen worden und Rosa hat darauf rumgetrampelt. Ihr Blick ruht auf mir, und ich schaffe es nicht, sie anzusehen. Ich bin mir nicht mal sicher, dass ich sie je wieder ansehen kann. Warum hat sie nicht einfach mit mir geredet? Warum musste sie mich so hintergehen? Ich merke, wie mein Atem schneller geht, ich bekomme kaum noch Luft.

Sie legt ihre Hand auf meine, doch ich kann ihre Berührung nicht ertragen und ziehe sie weg. Die Wut auf sie kriecht durch meine Adern und droht mich zu verschlingen. Ich springe von meinem Sessel auf und ignoriere den Schmerz, der mich durchzuckt.

»Wie konntest du das tun? Wie konntest du mich so hintergehen?«, brülle ich ihr entgegen. Die Wut hat mich mittlerweile vollständig eingenommen. »Warum dachtest du, dass du mich so beschützen kannst? Hast du auch nur den Hauch einer Ahnung, was durch dein Gespräch mit ihr alles erst passiert ist?« Ein Blick in ihr entsetztes Gesicht verrät mir, dass sie es weiß, wahrscheinlich tut es ihr deshalb auch so leid. Ich spüre, wie die Wut langsam den Rückzug einschlägt und mein Herz wieder an der richtigen Stelle zu schlagen beginnt. Sie hat es gut gemeint, und dann ist es so in die Hose gegangen. Ich kann ihr das nicht verzeihen, aber ich kann sie auch nicht hassen, nur weil sie mich beschützen wollte. Seufzend lasse ich mich wieder auf den Sessel fallen. »Warum kann ich sie jetzt nicht erreichen? Die Gefahr, die du meintest, ist vorbei. Ich war in der Höhle, und ich hab es überlebt. Trotzdem komme ich nicht an sie ran. Warum?« Ihr Gesicht hellt sich ein bisschen auf, während ich spreche.

»Das liegt nicht an mir, eine höhere Macht scheint sie von dir abzuschotten. Ich weiß nur nicht, warum das so ist. Allerdings habe ich vielleicht eine Idee, wie du sie erreichen kannst, zumindest ihren Geist.« Den letzten Satz flüstert sie verschwörerisch, und ich spüre wie mein Herz einen kleinen Sprung macht bei dem Gedanken daran, Eva wiederzusehen. Ich schenke ihr meine ungeteilte Aufmerksamkeit, während sie mir von ihrem Plan erzählt. »Es gibt eine Flüssigkeit, die den, der sie trinkt, in den Traum seiner wahren Liebe schickt. Ich habe etwas davon hier, und es gäbe dir die Möglichkeit, mit ihr zu sprechen und zu sehen, ob es ihr gutgeht. Wir könnten es direkt ausprobieren, wenn du möchtest.« Ich kann gar nicht glauben, dass sie mich das überhaupt fragt. Ist es denn nicht offensichtlich, dass ich sie wiedersehen will?

»Ja«, lautet daher meine knappe Antwort, und ich kann die Hoffnung beinahe greifen, die sich in meinem Inneren ausbreitet. Endlich sehe ich sie wieder, wenn auch nur im Traum. Wenigstens kann ich sichergehen, dass es ihr gutgeht. Obwohl mir auch ein bisschen mulmig wird beim Gedanken an die Zauberei, die da wohl dahintersteckt. Nach der Grotte habe ich kein gutes Gefühl bei jeder Art von Zauberei.

Aber ich bin mir sicher, dass Rosa mich nicht in Gefahr bringen würde. »Lehn dich zurück und trink das«, weist sie mich an, als sie wieder vor mir steht und hält mir ein kleines Fläschchen entgegen mit einer grünen Flüssigkeit. Ich atme nochmal tief durch, lehne mich zurück und trinke das Fläschchen mit einem Zug leer.

14

Sofort umfängt mich endlose Dunkelheit. Ich habe das Gefühl zu schweben, als ein Licht vor mir auftaucht. Ich versuche es zu erreichen, doch dann falle ich in rasender Geschwindigkeit darauf zu. In mir kommt plötzlich die Angst auf, irgendwo drauf zu krachen, doch die verschwindet sofort wieder. Als ich das Licht erreicht habe, tauche ich hinein und muss die Augen schließen, weil es mich blendet. Nach kurzer Zeit kann ich sie wieder öffnen und beginne mich umzusehen. Alles um mich herum besteht aus weißem Nebel. Ich flüstere ein leises »Hallo«, doch es kommt keine Antwort. Plötzlich kommt eine Brise auf, und der Nebel lichtet sich. Es entsteht eine Welt vor meinen Augen. Ich brauche einen Moment, um sie wiederzuerkennen. Ich stehe in Evas Garten mit dem Rücken zum Haus. Als ich mich umdrehe, sehe ich sie auf der Wiese, schlafend, wie bei unserer ersten Begegnung. Doch es ist heller Tag, und die Sonne scheint auf ihr Gesicht. Ich genieße einen Moment lang ihren Anblick, ohne mich zu bewegen. Ich versuche jedes Detail in mich aufzusaugen, als sie plötzlich die Augen öffnet und leicht zusammenzuckt, als sie mich auf der Wiese entdeckt.

Ihr Blick wechselt schnell von Überraschung zu Freude, langsam steht sie auf und kommt einen Schritt auf mich zu.

Sie mustert mich, als könnte sie sich gar nicht vorstellen, das ich wirklich hier bin. Kurz vor mir bleibt sie stehen. Ich kann mich nicht bewegen. Ihr Gesicht zu sehen macht mich unendlich glücklich und wahnsinnig nervös zur selben Zeit. Langsam hebt sie ihre Hand und berührt meine Wange. Ihre Augen finden meine und halten sie fest. Die Berührung schickt ein Prickeln durch meinen ganzen Körper. Erst jetzt fällt mir auf, wie sehr mir ihre Nähe wirklich gefehlt hat. »Wer bist du?«, haucht sie mir zu, und ich verliere fast den Boden unter den Füßen. Diese Frage aus ihrem Mund lässt mit einem Schlag alle Luft aus meinem Körper entweichen. Ihr so nah zu sein und doch so fern, macht mich wahnsinnig. Still verfluche ich Rosa nochmal für diese blöde Idee mit dem Amulett.

»Louis«, bringe ich gepresst hervor. Ihr Blick wird noch intensiver, falls das überhaupt möglich ist. »Du kommst mir so bekannt vor, ich weiß nur nicht woher«, flüstert sie schließlich, und in ihren Augen leuchtet kurz ein Hauch von Verzweiflung auf.

»Wir kennen uns auch, du kannst dich nur nicht mehr erinnern«, flüstere ich zurück.

Vielleicht hilft es ja, ihr ein paar Sachen zu erzählen. Ich habe keine Ahnung, ob sie sich nach dem Aufwachen noch an dieses Gespräch erinnert, aber einen Versuch ist es wert. Ich nehme ihre Hand von meiner Wange und ziehe sie mit mir ein Stück weiter in Richtung Haus. Kurz bevor die Terrasse anfängt, setze ich mich auf den Boden und deute auf den Platz neben mir. Sie setzt sich zu mir und mustert mich von der Seite. Ich atme nochmal tief durch und rupfe einen Grashalm ab, den ich langsam in der Hand drehe.

»Ich habe dich hier zum ersten Mal getroffen, du hast auf der Wiese gelegen und geschlafen. Diego hat sich in deinem Haus versteckt, und du hast mir geholfen, ihn zu finden. Als wir ihn hatten, wollte ich zurück auf die Dragonfly. Ich hätte nie gedacht, dass du mich fragen würdest, ob du mich begleiten kannst, doch du wolltest unbedingt mit, und ich weiß noch, wie mein Herz einen Sprung gemacht hat bei dem Gedanken, dich mitzunehmen. Also hast du mich und Diego begleitet in das Wolkenreich.« Es ist so verrückt, gerade ihr diese Geschichte erzählen zu müssen, doch sie sitzt nur da und hört mir zu.

»Tja, wir kamen also auf die Dragonfly, und ich dachte, wir hätten eine schöne Zeit vor uns. Doch die Dinge lagen leider anders.

Wie ich mittlerweile weiß, hatten meine engsten Freunde andere Pläne für mich im Sinn, und wir wurden getrennt. Ich war noch nie im Leben so verzweifelt wie in den Stunden, in denen ich nicht wusste, wo du bist und was mit dir geschehen ist. Als wir uns dann schließlich wiederfanden, haben wir uns geküsst, und du bist einfach wieder verschwunden. Doch diesmal ist es anders, ich kann dich nicht erreichen – nicht außerhalb dieser Welt.« Ich beende den Satz mit einer Handbewegung, welche die ganze Umgebung erfasst. Achtlos werfe ich den Grashalm weg und schaue Eva an.

Sie hat sich im Laufe der Geschichte von mir abgewandt und schaut jetzt stur geradeaus. Die Stille ist kaum auszuhalten. Ich bin mir sicher, dass die Geschichte ziemlich verrückt klingt für jemanden, der sich nicht erinnern kann, aber ich hoffe, dass es wenigstens etwas zurückbringt und sie mich jetzt nicht für total verrückt hält. »Es tut mir so leid, Louis, die Geschichte klingt so vertraut, aber ich kann mich nicht erinnern«, flüstert sie schließlich, und die Sonne lässt eine einzelne Träne auf ihrem Gesicht glitzern. Ich wische sie vorsichtig weg. »Ich weiß, doch dass du mir glaubst, ist schon mal ein gutes Zeichen. Alles andere bekommen wir schon wieder hin.«

Meine Stimme klingt stärker, als ich mich im Inneren fühle. Doch irgendwie keimt trotz allem ein kleiner Hoffnungsschimmer tief in mir. Wenn sie wirklich nicht schreiend wegrennt, scheint die Erinnerung an unsere gemeinsame Zeit nicht ganz verloren zu sein. Ihre Augen finden wieder meine, und sie wirft sich in meine Arme. Vorsichtig reibe ich ihr über den Rücken, während sie an meiner Schulter weint. Ich atme ihren Geruch ein und genieße ihre Nähe. Sie wieder bei mir zu haben und ihr so nahe zu sein, lässt mein Herz höher schlagen. Viel zu schnell löst sie sich wieder aus der Umarmung und wischt sich die letzten Tränen vom Gesicht. »Erzähl mir etwas über das Wolkenreich und wie du hierher gekommen bist. Wo sind wir hier eigentlich?«, fragt sie mich mit einem Lächeln. Ich versuche meine Stimme wiederzufinden, doch sie macht mich unheimlich nervös. »Was ist?« Ihr Blick wandert an sich herunter und dann wieder zu mir. Jetzt muss ich schmunzeln, während ich spüre, wie sich die Luft um uns verändert. Sie ist auf einmal elektrisch aufgeladen und vibriert. Ich glaube, dass sie es auch spüren kann, denn ihr Blick wandert zu meinen Lippen. Wie gerne ich mich jetzt einfach vorbeugen würde, um sie zu küssen, doch ich bin mir nicht sicher, ob ihr das wirklich gefallen würde.

Ich versuche mich auf ihre Fragen zu konzentrieren. »Wir sind in deinem Traum, Eva, zumindest glaube ich das. Rosa hat mir geholfen, dich hier zu erreichen, da ich im Moment nicht anders an dich herankommen kann.« Ihr Blick wandert wieder zu meinen Augen. »Warum kannst du mich nicht anders erreichen?«, fragt sie neugierig. »Irgendeine Macht blockiert unser Wiedersehen gerade. Mehr kann ich dir auch nicht sagen, ich versuche noch selbst herauszufinden, wie ich das so schnell wie möglich ändern kann. Doch solange müssen wir uns wohl mit dem hier zufrieden geben.« Sie nickt leicht, und ihr Blick wandert wieder zu meinen Lippen.

Nach einem kurzen Moment lehnt sie sich etwas näher zu mir und schaut mir wieder in die Augen. In meinem Kopf fahren die Gedanken Achterbahn, und mein Herz schlägt in einem Rhythmus, der meinen Brustkorb zu zerschlagen droht. Ich beuge mich ihr etwas entgegen, und sie schließt die Augen, als uns nur noch wenige Zentimeter voneinander trennen. Ich beuge mich weiter und schließe die Lücke zwischen uns. Ihre Lippen sind genauso weich, wie ich sie in Erinnerung hatte, und sofort schießen die Bilder unserer gemeinsamen Zeit an meinem inneren Auge vorbei. Sie legt ihre Hand in meinen Nacken und zieht mich näher an sich heran.

Das Blut rauscht durch jede Faser meines Körpers, und ich kann das angenehme Prickeln auf meiner Haut spüren. Plötzlich ist sie weg, und ich öffne die Augen. Als ich Rosas Laden vor mir sehe, weiß ich, dass der Traum vorbei ist. Ich bin wieder, da wo ich angefangen habe. Ich lasse meinen Kopf gegen den Sessel sinken und schließe nochmal die Augen. Ich spüre immer noch ihre Nähe, den Kuss. Warum müssen wir immer in dieser Situation auseinandergehen? Ich atme tief durch und öffne erneut die Augen. Rosa steht direkt vor mir und lächelt mich an.

»Ich gehe davon aus, dass es geklappt hat?«, sagt sie freundlich. Diego flitzt von ihrer Schulter zu mir herüber. Ich kraule ihn ein bisschen, als er auf meinem Schoss Platz nimmt. »Ja, hat es. Kann ich das wieder machen?«, seufze ich, vielleicht ein wenig zu dramatisch. »Wenn wir bis zur nächsten Nacht warten, kannst du das nochmal machen«, antwortet sie mit einem Zwinkern, und ich spüre wie mir die Röte ins Gesicht steigt.

15

Eva

Ich schlage meine Augen auf und starre an meine Zimmerdecke. Ich versuche meinen Atem und meinen Herzschlag zu beruhigen. Dieser Traum war anders, intensiver, realer als alle, die ich jemals hatte. Ich spüre immer noch seine Lippen auf meinen, seine Wärme. Ein Blick auf meinen Wecker verrät mir, dass es schon Zeit ist aufzustehen und mich für die Schule fertig zu machen. Zur Bestätigung ertönt jetzt auch noch piepend der Alarm. Während ich mich anziehe, versuche ich mir Louis' Geschichte wieder ins Gedächtnis zu rufen. Doch sie scheint mir aus den Fingern zu gleiten, umso mehr ich mich darauf konzentriere. Nur er, seine Augen und seine Lippen sind noch präsent, genauso wie die Gefühle, die ich für ihn hatte. Scheinbar fühlt er genauso. Ich merke, wie sich langsam Traurigkeit in meinem Inneren ausbreitet. Was soll ich nur tun, wenn ich ihn niemals wiedersehe? Wie kann ich überhaupt jemanden vergessen, der mir scheinbar so wichtig ist?

Seufzend nehme ich meine Tasche vom Regal und mache mich auf den Weg, um Mila wieder an der alten Eisdiele zu treffen. Vielleicht hat sie ja eine Idee, wie ich mich wieder erinnern kann. Ihre Mutter hat schließlich schon viele von diesen Esoterik-Büchern gelesen, vielleicht steht da ja etwas über Träume und Erinnerungen drin. Wer weiß, vielleicht gibt es ja eine Übung, um sein Gedächtnis wiederzubekommen? Die Hoffnung treibt mich an, und ich erreiche die Eisdiele schneller als gedacht. Sogar so früh, dass Mila noch gar nicht da ist. Gerade heute muss sie sich Zeit lassen. Als ich die dritte Runde auf- und abgelaufen bin, nur um in Gedanken den ganzen Traum nochmal durchzugehen, laufe ich in jemanden hinein. Ich taumle rückwärts und murmle eine Entschuldigung. Als ich aufsehe, bleibt mir kurz die Luft weg. Lenni steht vor mir und mustert mich amüsiert.

»Alles gut bei dir?«, fragt er mit einem schiefen Grinsen. »Ja klar, alles gut. Ich habe nur nicht mit dir gerechnet. Was machst du hier?«, stammle ich und versuche es dann auch mit einem Lächeln. Sein Blick wandert etwas verlegen zu Boden. »Mila hat gesagt, ich kann mich vor der Schule hier mit euch treffen.

Ich hoffe, das ist in Ordnung für dich«, murmelt er und schaut mich dann fragend an. Ich hatte nicht mitbekommen, dass sie ihm das gesagt hat, und ausgerechnet heute ist das wirklich blöd. Ich will nicht, dass er etwas von den Träumen erfährt, zumindest noch nicht. Diese Sachen sind mir zu persönlich, um sie mit ihm zu teilen, egal wie nett er ist.

»Ja klar«, lautet schließlich meine kurze Antwort. Ich will nicht, dass er sich schlecht fühlt, weil Mila ihn eingeladen hat. Trotzdem werde ich sie nachher zur Seite nehmen, um sie darauf anzusprechen, sie hätte mich ja wenigstens vorwarnen können. Kurz darauf kommt Mila um die Ecke und bleibt sofort stehen, als sie uns sieht. Ganz kurz huscht ein entschuldigender Ausdruck über ihr Gesicht, bevor sie dann ihr perfektes Lächeln aufsetzt. »Guten Morgen, ihr zwei«, begrüßt sie uns freundlich, bevor sie erst Lenni in eine Umarmung zieht, die er etwas unbeholfen erwidert, und dann mich. »Sorry, ich dachte nicht, dass er so früh da ist. Ich wollte es dir vorher noch erzählen«, flüstert sie nah an meinem Ohr. »Schon okay, aber ich muss dir nachher unbedingt etwas erzählen, alleine«, flüstere ich zurück, und sie nickt kurz, als sie sich wieder von mir löst.

»Dann lasst uns mal losgehen«, trällert sie fröhlich und hakt sich bei Lenni unter. Der quittiert ihre stürmische Art sofort mit seinem schiefen Grinsen, lässt sich dann aber mitziehen. Ich folge den zwei mit etwas Abstand und lausche dabei halbherzig Milas Geschichten. Meine Gedanken sind immer noch bei meinem Traum und Louis. Langsam spüre ich auch den Zorn aufsteigen, dass meine beste Freundin lieber Lenni anschmachtet, als ihn endlich wegzuschicken und mir zuzuhören. Als wir den Schulhof erreichen, laufe ich einfach weiter, um in die Klasse zu kommen. Ich habe jetzt wirklich keine Lust, mit Lenni zu sprechen oder mir die schmachtenden Blicke von Mila anzuschauen. Tief in mir drin weiß ich, dass mein Zorn völlig unangebracht ist, aber ich brauche jetzt einfach meine Freundin, und ich weiß nicht, warum sie das nicht bemerkt. An der Tür zum Klassenzimmer höre ich auf einmal Schritte hinter mir, und ich hoffe innerlich, dass es Mila ist – ohne Lenni. Ich bin erleichtert, als Mila mich an der Schulter zu sich herumdreht und mich böse anfunkelt. Von Lenni ist keine Spur zu sehen.

»Warum bist du einfach weitergelaufen? Ich hab nach dir gerufen«, japst sie zwischen schweren Atemzügen, sie muss mir wohl hinterher gerannt sein.

Ich zucke nur mit den Schultern und drehe mich weg, als sich meine Augen mit Tränen füllen. Doch sie hat es schon bemerkt und nimmt mich fest in den Arm.

»So schlimm?«, flüstert sie in mein Ohr. Ich nicke an ihrer Schulter während ich die Tränen einfach laufen lasse und mein Körper von mehreren Schluchzern geschüttelt wird. »Lass uns die ersten Stunden schwänzen und irgendwo in Ruhe reden« schlägt sie nach ein paar weiteren Schluchzern vor. Ich nicke, denn mehr bekomme ich gerade nicht zustande. Sie legt den Arm um meine Schulter und zieht mich sanft in Richtung Ausgang. Am Ende des Schulhofes biegen wir nach rechts ab, und sie bugsiert mich weiter Richtung Park. Dort angekommen, setzen wir uns auf einer Bank, dicht nebeneinander. Meine Tränen sind mittlerweile versiegt, und ich wische mir mit meinem Ärmel über die nassen Wangen. Mila beobachtet mich stumm, wahrscheinlich will sie mir Freiraum lassen, um mit meiner Geschichte anzufangen, wenn ich so weit bin. Das ist einer der Gründe, warum sie mir so wichtig geworden ist in meinem Leben. Sie mag zwar manchmal eine Nervensäge und super theatralisch sein, aber sie ist auch eine richtig gute Zuhörerin, wenn es wichtig ist.

»Ich habe wieder geträumt, von ihm«, ist das Erste, was ich mit einem lauten Seufzen sagen kann. Meine Stimme klingt belegt von all den Tränen. Mila legt ihre Hand auf meinen Rücken und streicht vorsichtig auf und ab. »Er hat mir erzählt, dass wir uns kennen und wie wir uns kennengelernt haben. Auch von dem Wolkenreich hat er mir erzählt. Das Schlimmste ist, dass ich ihm wirklich glaube, ich bin mir sicher, dass alles wahr ist, doch ich kann mich nicht erinnern, und das macht mich fertig.« Ich atme nochmal tief durch, und wieder laufen mir die Tränen runter. Ich bin mir sicher, dass alles total verrückt klingt. Wahrscheinlich hält mich Mila für eine Irre, weil ich so auf einen Traum reagiere. Aber ich kann einfach nicht anders. »Ich bin mir nicht sicher, ob du nicht einfach etwas durcheinander bringst«, sagt Mila schließlich, und ich schaue sie fragend an. »Ich meine einfach, dass Träume nicht wirklich sind, Eva. Sie bringen eigentlich nur Gedanken und Verdrängtes aus deinem Unterbewusstsein hervor. Zumindest so weit ich weiß. Was macht dich so sicher, dass es die Wirklichkeit ist, das er echt ist?« Sie sieht mich fragend an. Ich muss ihre Argumente erst mal auf mich wirken lassen. Natürlich hat sie irgendwo Recht, sicher bin ich mir nicht, doch das Gefühl, es vergessen zu haben, ist unheimlich stark.

Ich kenne ihn und seine Geschichte. »Er sagte, dass etwas oder jemand unser Wiedersehen verhindert oder blockiert. Ich weiß nicht warum, aber ich bin mir sicher, dass er nicht gelogen hat. Das war kein normaler Traum, er war wirklich da, und die Gefühle für ihn waren auch echt. Ich fühle sie jetzt noch, bei jedem Gedanken an ihn. Und dieser Kuss ...« Ich stocke bei dem letzten Satz. Davon wollte ich eigentlich nichts erzählen, und an Milas Gesicht kann ich auch sehen, warum ich dieses Detail eigentlich für mich behalten wollte.

Ihr Grinsen wird immer breiter, und sie schüttelt leicht den Kopf. »Also darum geht es eigentlich, der süße Typ in deinem Traum hat dir die Augen verdreht, und jetzt ist alles, was er sagt, die absolute Wahrheit?«, sagt sie mit einem Zwinkern. Ich weiß nicht genau warum, aber diese Aussage macht mich wütend. »Nein, das ist es nicht. Er ist süß, aber die Gefühle haben nicht nur damit zu tun. Ich weiß, wir sind verbunden, irgendwie. Ich will mich einfach nur erinnern, verdammt nochmal«, zische ich sie an. »Dann musst du ihn fragen wie. Vielleicht siehst du ihn ja in einem Traum wieder, und er kann dir sagen, was du tun kannst.Ich glaube zwar wirklich, dass dir dein Unterbewusstsein einen Streich spielt.

Aber wenn du so sehr daran glaubst, kann ich dich sowieso nicht vom Gegenteil überzeugen.« Milas Stimme ist ganz ruhig und doch bestimmt. Vielleicht ist das wirklich die beste Idee. Ich spüre die Hoffnung in mir wieder anwachsen. Wenn ich ihn heute Nacht wiedersehe, werde ich ihn einfach fragen, was ich machen kann. Ich nicke nach kurzer Zeit, und Mila zieht mich in eine feste Umarmung. »Ich glaube nicht, dass ich dich schon jemals so verzweifelt gesehen habe, Eva. Ich hoffe wirklich, dass er dir irgendetwas sagen kann, wenn du ihn das nächste Mal siehst«, flüstert sie in mein Ohr und reibt weiter tröstend über meinen Rücken.

Wir sitzen noch eine Weile so da, bis meine Tränen endlich aufhören zu laufen. Ich lehne mich nach hinten und atme tief durch. Mila reicht mir ein Taschentuch, und ich wische mir die Wangen ab, während sie mir aufgeregt von Lenni erzählt. Sie hat sich wirklich schwer in ihn verguckt. Die meisten Beschreibungen und Lobbekundungen beziehen sich allerdings auf sein nahezu makelloses Äußeres, zumindest nennt sie es so. Ich muss sagen, dass er wirklich gut aussieht, aber eben nicht so gut wie Louis. Wir verbringen letztendlich den ganzen Schultag mit Quatschen und Lachen auf der Bank im Park.

Als Mila zwischendrin mal auf die Uhr schaut, ist es sowieso schon nach zwölf. Also beschließen wir, auch den Rest des Tages zu schwänzen und die Sonne zu genießen, die sich mittlerweile durch die Wolken gequält hat. Ein passendes Abbild meiner Gefühlswelt: Der dunkle Schatten der Verzweiflung ist verschwunden, und die Hoffnung leuchtet immer stärker in meinem Inneren. Ich freue mich schon richtig darauf, schlafen zu gehen und wieder zu träumen, von ihm. In meinem Körper verteilt sich ein angenehmes Prickeln bis in die Fingerspitzen.

Milas Geschichten fliegen nur noch an mir vorbei, und ich höre nicht mehr wirklich zu. Mein Blick schweift über den Park, als sie gerade wieder Lennis körperlichen Vorzüge aufzählt. Schließlich bleiben meine Augen an einem anderen vertrauten Augenpaar hängen. Ich stoße Mila unsanft mit dem Ellenbogen in die Seite. Nachdem sie sich kurz lautstark beschwert hat, folgt sie meinem Blick und verstummt sofort. Ohne hinzusehen, weiß ich, dass sie gerade knallrot anläuft, während Lenni immer näher kommt. Auf seinem Gesicht liegt dieses freche, schiefe Grinsen, von dem Mila den halben Tag geschwärmt hat. Kurz vor der Bank bleibt er stehen.

»Hi Ladies. Hier habt ihr euch also den ganzen Tag versteckt. Ich habe mich schon gefragt, wo ihr abgeblieben seid.« In seiner Stimme liegt ein vorwurfsvoller Unterton. Eigentlich hat er meiner Meinung nach nicht wirklich das Recht, eingeschnappt zu sein, wir kennen uns schließlich erst einen Tag. Doch ich will ihn nicht anschnauzen. Ein Blick auf Mila bestätigt mir, dass ich mich vielleicht einfach aus dem Staub machen sollte. Es ist sowieso mittlerweile nach drei, und mein Vater wollte mich anrufen. Dann haben die zwei ein bisschen Zeit, sich noch besser kennenzulernen. Ich stehe von der Bank auf und hänge mir meine Tasche um. »Ich muss sowieso los. Lenni, setz dich doch auf meinen Platz.« Ich zwinkere Mila nochmal verschwörerisch zu, was sie mit einer herausgestreckten Zunge quittiert, und laufe dann lächelnd und winkend davon. Das Telefonat mit meinem Vater war lang und anstrengend. Er hat mir von seiner geplanten Reise mit Sandra erzählt, das heißt für mich, dass ich länger bei meiner Mutter bleiben muss oder darf – je nachdem, wie man es sehen will. Sie fliegen Ende der Woche spontan für drei Wochen nach Afrika, um dort so eine Rundreise zu machen.

Die Beschreibung der Reise klingt wirklich traumhaft, und ich bin sofort etwas neidisch, dass mein Vater mit mir nie so eine Reise gemacht hat. Doch ich wollte seine Begeisterung nicht trüben, also heuchelte ich Freude und wünschte ihnen eine gute Reise. Er versprach mir aber, mich anzurufen, wenn sie angekommen sind. Als ich endlich aufgelegt habe, ist es nach sechs. Ich überlege kurz, ob es nicht verrückt wäre, jetzt schon ins Bett zu gehen, entscheide mich aber letztendlich doch dafür, mich hinzulegen. Da ich aber wirklich noch kein bisschen müde bin, fange ich an, meine Geschichtsnotizen durchzulesen, für den Test nächste Woche. Nach einer geschlagenen Stunde erwische ich mich dabei, dass ich den letzten Satz der Seite mindestens schon dreimal gelesen habe. Also lege ich meine Notizen zur Seite und sinke binnen Sekunden in den Schlaf.

16

Louis

Seit ich Rosas Laden verlassen habe, wandern meine Gedanken immer wieder zu diesem Traum und Eva. Sie wiederzusehen, unversehrt, hat mir wirklich neue Kraft gegeben. Natürlich freue ich mich auch, sie heute Nacht wiederzusehen. Rosa hat mir versprochen, dass wir uns nach Sonnenuntergang in ihrem Laden treffen und ich nochmal zu Eva gehen kann. Also trennen mich nur noch gut zwölf Stunden von einem Wiedersehen. Bis dahin will ich mit Feuerbart reden, um zu sehen, was er rausgefunden hat und ihm die guten Neuigkeiten erzählen. Während die Sonne also langsam den neuen Tag beginnt, laufe ich über den Steg, an dem die Dragonfly angelegt hat. Ich finde Feuerbart in seiner Kajüte, während er gerade seine Nase in einen Stapel Bücher vertieft hat. Er schaut nur kurz auf, um mich hereinzubitten. Ich setze mich auf den Lehnsessel, der ihm gegenüber steht, und beobachte ihn einen Moment.

»Hast du etwas gefunden?«, platzt es dann doch aus mir heraus, als ich die Stille einfach nicht mehr aushalte. Er schaut langsam von seinen Büchern auf und seufzt, während er sich mit der Hand durch die Haare fährt. Jetzt fällt mir auf, wie müde er aussieht, bestimmt hat er sich die Nacht um die Ohren geschlagen, um die Texte durchzugehen und irgendwas zu finden. Ich spüre wieder die tiefe Dankbarkeit für diesen Mann und dafür, dass er das alles für mich tut.

»Ich muss dir leider sagen, dass ich bisher nichts wirklich Brauchbares gefunden habe. Es gibt einfach zu viele Buchten, die in Frage kommen könnten. Ich brauche noch etwas Zeit. Wo warst du eigentlich? Hast du etwas in Erfahrung bringen können?« Während er spricht, scheint er mich erst wirklich anzusehen, denn als er so den Blick über mein Gesicht gleiten lässt, bleibt er an der mittlerweile ziemlich gut verheilten Wunde hängen, die Rosa gestern Abend versorgt hat. »Was ist denn mit dir passiert?«, fragt er mich tonlos, seine Erschöpfung ist wirklich deutlich zu spüren. »Ach, das war einer von Sandbarts Männern. Wichtiger ist aber, was danach passiert ist. Rosa hat meine Verletzungen versorgt und mir dann erzählt, dass sie Eva ein Amulett geschenkt hat, um sicherzugehen, dass sie mich verlässt und ich außer Gefahr bin.

Naja, sie weiß selbst, dass dieser Plan nach hinten losgegangen ist. Aber dieses Amulett sorgt dafür, dass sie mich und alles hier vergessen hat. Welche Macht unser Wiedersehen blockiert, wusste sie allerdings auch nicht. Auf jeden Fall konnte ich sie sehen, Feuerbart! Rosa hat mich in ihren Traum geschickt, und ich konnte sie wirklich treffen. Es war einfach unglaublich, sie wieder im Arm zu halten, ihr Gesicht zu sehen.« Die Worte sprudeln einfach nur so aus mir raus, während Feuerbart mich erst neugierig mustert und dann sein Blick etwas dunkler wird, als ich zu dem Part mit Rosa komme. Ich für meinen Teil habe ihr zwar nicht verziehen, das wäre zu früh, aber ich kann mittlerweile damit besser umgehen.

»Was hat sie gemacht? Sie wird scheinbar verrückt auf ihre alten Tage, die Gute«, sagt er kopfschüttelnd. »Es freut mich, dass du Eva wiedersehen konntest. Weißt du noch, wie dieses Amulett heißt?« fragt er, während er die Bücherstapel auf seinem Schreibtisch verschiebt. Er scheint eines zu suchen. »Ähm ja, ich glaube, es war das Amulett der verlorenen Liebe oder so was.« Ich frage mich, was er vorhat. Nach kurzer Zeit scheint er das richtige Buch gefunden zu haben, denn er beginnt in einem großen grauen Wälzer, wild zu blättern.

»Da ist es doch!«, ruft er nach ein paar Minuten und schiebt das Buch über den Tisch. Auf der linken Seite ist eine Zeichnung von einem grünen, herzförmigen Smaragd, der in goldene Fäden eingesponnen ist. Es sieht wirklich schön aus. Auf der rechten Seite steht eine Beschreibung:

Das Amulett der verlorenen Liebe (für Erdenmenschen)

Durch einen Kuss ausgelöst, wird der/die Träger/in des Amuletts alles vergessen, was das Wolkenreich und die Beziehung zu den Menschen dort betrifft. Nach dem Auslösen wird der/die Träger/in zu dem Moment zurückgeschickt, an der er/sie das erste Mal vom Wolkenreich erfahren hat. Solange sich das Amulett im Besitz der Person befindet, wird die Erinnerung nicht zurückkommen. **Warnung:** *Falls die Person das Amulett zu lange trägt, kann es passieren, dass Erinnerungen ganz ausgelöscht werden. Diese sind dann unwiederbringlich verloren.*Ich wiederhole die Warnung immer wieder im Kopf wie ein schauriges Echo. Bedeutet das wirklich, dass sie mich komplett vergisst, wenn sie nicht bald dieses Amulett los wird? Ich muss versuchen herauszufinden, ob sie es noch hat und ihr sagen, dass sie es zerstören soll.

Vielleicht bringt das wenigstens ihre Erinnerung wieder, auch wenn ich sie nicht erreichen kann, bis ich diese verdammte Legende erfüllt habe. Doch dafür muss ich herausfinden, wo Lenni ist.

»Louis, weißt du, wo Sandbart und Lenni sind?«, fragt Feuerbart vorsichtig, nachdem auch er die Beschreibung neben dem Amulett gelesen hat. Ich denke, ihm ist die Tragweite der Warnung gerade klar geworden. Ich springe von meinem Stuhl auf und fange an, im Raum auf- und abzulaufen. Das Still sitzen macht mich wahnsinnig. »Nein, ich weiß nicht, wo sie sind. Sandbart hat auch ziemlich deutlich gemacht, dass ich nicht mehr nach ihnen suchen soll.« Beim letzten Satz zeige ich auf meine Wunde im Gesicht. »Ich denke, sie sind rausgefahren. Feuerbart, lass uns auch rausfahren, vielleicht können wir sie finden. Sie können noch nicht weit gekommen sein. Vielleicht holen wir sie ja ein!« Meine Stimme klingt wie ein Flehen, und Feuerbart mustert mich von oben bis unten. »Louis, ich hoffe, sie ist es wert. Da draußen riskieren wir nicht nur das Schiff, sondern auch das Leben jedes einzelnen dieser Mannschaft. Lenni wird nicht einfach so mit uns reden, also können wir uns schon mal darauf gefasst machen, dass wir nur mit Gewalt an ihn rankommen.

Das ist wirklich ein großes Risiko, das wir uns genau überlegen sollten.« Er spricht ganz ruhig, und ich kann in seinen Augen sehen, dass es ihm nicht leichtfällt, mir das zu sagen. Irgendwie verstehe ich ja seine Sorge, doch wenn es um Eva geht und darum, dass sie mich eventuell komplett vergessen könnte, schaltet meine Vernunft total ab.

»Das kann ja nicht wirklich dein Ernst sein, oder?« blaffe ich ihn an. »Wir müssen dieses Risiko eingehen, Feuerbart. Ich weiß, was ich hier verlange, aber ohne dich kann ich das nicht. Wir können sie nicht einfach da unten alleine lassen.« Ich kralle mich an die Tischplatte, während meine Stimme immer lauter wird. Der Zorn über diese ganze Situation und die Angst, sie nie wiederzusehen, braust in Wellen durch meinen ganzen Körper. Feuerbart lehnt sich auf seinem Stuhl zurück, um mich besser ansehen zu können – oder sich etwas von mir zurückzuziehen, ich kann es nicht genau sagen. In seinem Gesicht regt sich gar nichts, während er mich einfach weiter mustert. In dieser Position verbringe ich weitere Minuten schweigsam, ohne dass irgendetwas passiert, wir starren uns nur an. »Okay Louis, ich werde heute Abend mit der Crew darüber reden. Ich will, dass wir uns gemeinsam dafür entscheiden, besonders, weil jemand von ihnen potenziell sein Leben lässt für diese Sache. Bis dahin werde ich aber veranlassen, dass die Vorräte weiter aufgestockt werden, damit wir vorbereitet sind, falls wir losfahren.« Feuerbart wendet nicht einmal den Blick von mir ab, während er spricht, und ich bin mir sicher, dass es ihm schwerfällt, mir nicht mehr anbieten zu können. Ich löse meine Hände von der Tischplatte und lasse mich seufzend auf den Sessel fallen.

»Wenn aber alle dagegen sind, suche ich mir einen eigenen Weg, um an ihn ranzukommen!«, sage ich trotzig. Nicht weil ich Feuerbart damit treffen will, sondern nur, um klarzumachen, dass ich auf jeden Fall bereit bin, alles zu tun, um sie wieder zu bekommen. Ich bleibe noch ein paar Stunden bei Feuerbart, und er zeigt mir die verschiedenen Buchten, die in Frage kommen könnten für diese Legende. Ich habe keine Ahnung davon, versuche mich aber, so gut es geht, darauf zu konzentrieren, schließlich geht es ja um meinen Kopf, wenn es dumm läuft.

17

Langsam taucht die Sonne Feuerbarts Kajüte in sanfte Orangetöne. Der Tag scheint bald vorüber zu sein. Sitzen wir hier schon so lange? Steve war zwischendurch mal da und hat Sandwiches vorbeigebracht, aber ich dachte nicht, dass es wirklich schon so spät ist. Mein Blick fällt wieder auf Feuerbart, der mich fragend ansieht. Wahrscheinlich hat er mir gerade eine Frage gestellt, und ich habe nicht zugehört.

»Wollen wir zum Essen gehen?«, wiederholt er nochmal und lächelt mich aufmunternd an. Ich erhebe mich von dem Sessel und muss erst mal wieder Leben in meine Beine bringen, das stundenlange Sitzen macht sich jetzt doch bemerkbar. »Jap«, antworte ich und ringe mir auch ein Lächeln ab. Diego hatte sich auf dem Sofa zum Schlafen eingerollt und kommt jetzt wieder auf seinen Stammplatz geflogen. Er hat bestimmt auch Hunger. Feuerbart geht voran in Richtung Speisesaal, und ich folge ihm. Dort angekommen, sind die meisten von der Mannschaft gerade dabei, den Tisch zu decken und Steve beim Heraustragen des Essens aus der Kombüse zu helfen.

Ich setze mich auf einen der Stühle und beobachte schweigend das Treiben. Ich habe heute weder Lust noch die Kraft mitzuhelfen. Als schließlich alles auf dem Tisch steht, füllen sich langsam die anderen Stühle, und die Geräuschkulisse steigt an. Die meisten Gespräche drehen sich um irgendwelche Erlebnisse in Piemont oder die neusten Gerüchte. Ich schenke ihnen kaum Beachtung und konzentriere mich auf den Schweinebraten auf meinem Teller. Wie immer landet jedes zweite Stück bei Diego, der sich mit einem lauten Schmatzen direkt an meinem Ohr dafür bedankt. Als die Sonne ganz verschwunden ist, zündet Gregor die Kerzen an, die rundherum an der Wand verteilt sind. Genau in diesem Moment bleibt mir kurz die Luft weg, als mir meine Verabredung mit Rosa wieder in den Sinn kommt. Ich sollte bei Sonnenuntergang in ihrem Laden sein. Wie vom Blitz getroffen, springe ich von meinem Platz auf und stürze Richtung Ausgang.

»Louis? Wir wollten doch etwas besprechen«, höre ich Feuerbarts harschen Tonfall hinter mir, der mich in der Bewegung stoppen lässt. »Fang schon mal ohne mich an, ich kann da sowieso nicht viel ausrichten. Sie werden schon das Richtige tun«, antworte ich ihm schnell und verlasse den Raum.

Ich weiß, dass es vielleicht nicht die beste Entscheidung ist, ihn damit alleine zu lassen, aber der Drang, Eva sehen zu können, ist wesentlich stärker. Ich muss ihr unbedingt sagen, dass sie dieses Amulett loswerden muss, alles andere ist zweitrangig.

Ich renne so schnell ich kann zu Rosas Laden, ohne mich noch einmal umzudrehen. Als ich angekommen bin, stolpere ich zur Tür hinein und halte sie noch einen Moment auf, um Diego reinzulassen, der hinter mir hergeflogen ist. Als er drinnen ist, setzt er sich hechelnd auf meine Schulter. Ich brauche auch noch einen Moment, um wieder normal atmen zu können. Rosa sitzt auf einem der Lehnsessel und beobachtet uns amüsiert. Ich laufe langsam zu ihr rüber und werfe mich auf den freien Sessel direkt neben ihr. »Hi«, hauche ich zwischen zwei tiefen Atemzügen. »Hallo Louis, schön, dass du es geschafft hast. Hallo Diego, mein Lieber«, begrüßt sie uns freundlich, und wieder liegt diese Wärme in ihren Augen. Jetzt gerade wünschte ich, ich könnte ihr einfach verzeihen, was sie gemacht hat. Doch irgendetwas in meinem Inneren lässt es nicht zu. Langsam erhebt sie sich von ihrem Sessel und geht zur Theke hinüber.

Sie nimmt eine kleine Schatulle in die Hand und öffnet sie, da drin liegt ein kleines Fläschchen, genau so eins wie bei meinem gestrigen Besuch. Ich erkenne die grüne Flüssigkeit.

»Bist du so weit?«, fragt sie mich und hält mir das Fläschchen entgegen. »Auf jeden Fall!«, lautet meine Antwort. *Und wie ich bereit dafür bin,* ergänze ich in meinen Gedanken. Vorsichtig nehme ich das Fläschchen entgegen und öffne es. Ich lege den Kopf in den Nacken und lasse die grüne Flüssigkeit in meinen Mund laufen. Gestern ist mir ihr Geschmack gar nicht so intensiv aufgefallen wie heute, sie schmeckt nach Pfefferminz und grüner Paprika, eine verrückte Kombination. Ich schlucke sie herunter und lehne mich nach hinten, während meine Augen schon langsam zufallen und ich in die Dunkelheit davongleite. Als erstes falle ich wieder in das helle Licht und stehe dann im Nebel, der sich nach kurzer Zeit lichtet. Diesmal bin ich definitiv nicht in Evas Garten, ich stehe auf einer großen Wiese. In der Ferne erkenne ich eine Straße, auf der Leute laufen, und rechts von mir ist ein kleiner Spielplatz. Als ich mich umdrehe, sehe ich sie endlich. Sie sitzt auf einer Bank und liest in einem Buch.

Ich laufe langsam auf sie zu und sauge dabei ihren Anblick in mich auf. Als ich direkt vor ihr stehe, hebt sie den Kopf und sieht mich an. Ihr Lächeln lässt mein Herz schneller schlagen. »Ich dachte, du würdest nicht kommen«, sagt sie freundlich. Ich beuge mich zu ihr vor und drücke ihr einen leichten Kuss auf die Wange. »Ich wollte nirgendwo anders sein«, flüstere ich ganz nah an ihrem Ohr. Ich setze mich zu ihr auf die Bank und greife nach ihrer Hand. Es ist schon unglaublich, wie vertraut und real das alles wirkt, obwohl es nicht wirklich passiert. Mein Blick fällt auf ihren Hals, und für einen kurzen Moment stockt mir der Atem, als ich sehe, was sie trägt. »Eva, dieses Amulett, das du da trägst, weißt du noch, wo du es herhast?«, frage ich vorsichtig, obwohl ich fest davon ausgehe, dass sie es nicht mehr weiß. »Hmm … Ich habe keine Ahnung, aber es ist wirklich schön, nicht wahr?« Während sie spricht, dreht sie es liebevoll in der Hand. Es scheint ihr wirklich sehr zu gefallen. »Rosa hat es dir geschenkt, und du musst es unbedingt zerstören!«, platzt es aus mir heraus, doch als ich ihr Gesicht sehe, bereue ich schon fast meine Worte. Sie sieht aus, als hätte ich gesagt, sie müsse ihr Lieblingskuscheltier in den Müll werfen.

»Warum sollte ich das tun? Es ist wunderschön, und es erinnert mich an deine Augen, die leuchten in genau demselben Grün«, antwortet sie mit einem trotzigen Unterton. »Es hindert dich daran, dich an alles zu erinnern. Ich meine, sicher ist es nicht, dass dir alles wieder einfällt, wenn du es wegtust, aber einen Versuch ist es wert. Außerdem könntest du einen Teil deiner Erinnerung für immer verlieren, wenn du es noch länger behältst.«

Ihr Blick wechselt von überrascht zu misstrauisch, während ich ihr alles erzähle. Ich bin mir nicht sicher, ob sie mir glaubt. Plötzlich verändert sich die Umgebung, und es wird dunkler. Die Sonne ist jetzt hinter tiefhängenden schwarzen Wolken verschwunden. Es beginnt zu regnen wie verrückt, und die Wiese ist jetzt durch kargen Fels vertauscht worden. Die Tropfen, die auf den Boden treffen, geben ein dumpfes Trommeln von sich und bilden so eine furchtbare Geräuschkulisse. Ich frage mich, ob Eva für die Umgebung verantwortlich ist und sie uns hierhergebracht hat. Doch ein Seitenblick auf sie verrät mir, dass sie genauso überrascht ist von diesem Umgebungswechsel wie ich. Falls sie also dafür verantwortlich ist, weiß sie wohl selber nichts davon. Binnen Sekunden sind wir beide klatschnass, und das Wasser rinnt unaufhaltsam über mein Gesicht.

Ich versuche die Augen offenzuhalten und sie anzusehen, was bei der Menge an Wasser wirklich schwierig ist.

»Eva, bitte zerstör das Amulett oder leg es wenigstens ab. Wir müssen versuchen herauszufinden, ob du dich dann wieder erinnern kannst«, flehe ich sie über den Regen hinweg an. Ich meine ein leichtes Nicken zu erkennen. Schlagartig stoppt der Wolkenbruch, und Eva steht abrupt von der Bank auf. Ich brauche einen Moment, um zu kapieren, was sie aufgeschreckt hat, bis ich ihrem Blick folge. Etwas entfernt steht eine Gestalt. Ich kann das Gesicht nicht erkennen, aber die Person kommt langsam auf uns zu. Auf meiner Haut verteilt sich ein unangenehmes Kribbeln, als ich die Statur des Menschen vor mir erkenne. Doch den endgültigen Gnadenstoß verpasst mir Eva, als sie ihn freudestrahlend begrüßt. »Lenni? Was machst du denn hier?« Ich schlage die Augen auf und brauche einen Moment, um zu realisieren, wo ich bin. Rosa legt sanft eine Hand auf meine Schulter, und ich zucke instinktiv zurück. Das kann nicht wahr sein, wieso ist er dort? Wieso kennt sie ihn, und wie ist er dahin gekommen? Meine Gedanken überschlagen sich, und immer neue Fragen ploppen in meinem Kopf hoch. Mein ganzer Körper fängt an zu zittern, als die Wut in mir ansteigt.

Ich springe aus dem Sessel, und Diego fliegt sofort wieder auf meine Schulter. Ich muss jetzt zu Feuerbart, wir müssen Lenni finden, um herauszufinden, wie er dort gelandet ist. Er muss jetzt einfach zustimmen. Ich stürme zur Tür und ignoriere Rosas entsetztes Gesicht und ihre Rufe. Ich laufe so schnell ich kann zurück zum Hafen und stürze in den Speisesaal. Hier sind alle noch beim Essen, es kann kaum Zeit vergangen sein, seitdem ich sie hier zurückgelassen habe. Als ich keuchend den Raum betrete, starren mich alle an.

»Er ist dort, Lenni ist dort! Bei ihr, ich habe ihn gesehen. Wir müssen die Liberty finden!«, bringe ich stoßweise hervor. Feuerbart schaut mich mit aufgerissenen Augen an und wendet sich dann an die Crew. Wie durch einen Schleier bekomme ich die Abstimmung mit, die jeder mit Ja beantwortet. Wir fahren also los, wir werden die Liberty finden, und ich schwöre mir still, dass ich mir Lenni ganz alleine vorknöpfen werde.

18

Eva

Ein Piepen zieht mich weg von Lenni und dem kargen Fels, zurück in meinen Körper und die weiche, warme Umgebung meines eigenen Bettes. Ich öffne die Augen und brauche einen Moment, um zu erkennen, dass jenes Piepen der Alarm meines Weckers ist. Mit einem gezielten Schlag bringe ich ihn zum Verstummen. Was war das nur gerade? Was hat Lenni in meinem Traum verloren, und warum ist Louis einfach verschwunden, als er aufgetaucht ist? Die Fragen hallen in meinem Kopf wieder, während ich mich langsam aus dem Bett quäle. Ich muss unbedingt nochmal mit Mila darüber reden. In Rekordzeit bin ich angezogen und sprinte die Treppe nach unten. Auf der Küchenablage liegt ein Frühstück für die Schule und eine Notiz von meiner Mutter.

Guten Morgen Liebes, ich musste heute früher weg, und es wird sicher spät. Ich wünsche dir einen schönen Tag. Küsschen Mama

Naja, das ist ja nichts Neues, dass sie nicht da ist. Wenigstens denkt sie daran, mir ein Brot für die Schule zu machen.

Als ich einen Blick in die braune Papiertüte schaue, erkenne ich, dass es heute ein Thunfisch-Sandwich ist. Nicht mein Favorit, aber es sieht trotzdem lecker aus. Ich nehme mir noch eine Flasche Wasser aus dem Kühlschrank und mache mich dann auf den Weg aus dem Haus. Im Flur laufe ich an unserem großen Spiegel vorbei und halte in der Bewegung inne. Wie in Zeitlupe drehe ich mich zu meinem Spiegel-Ich und starre wie gebannt auf das Amulett, das genau über meinem Herzen langsam hin und her baumelt. Behutsam fahre ich mit meiner Hand über die feinen goldenen Fäden und den grünen Smaragd. Wie kann etwas, das so schön ist, so gefährlich sein? Gedankenverloren starre ich noch eine Weile darauf, bevor ich mir die Kette über den Kopf ziehe und das Amulett auf die Ablage der Garderobe lege. Louis klang wirklich ernst, als er davon gesprochen hat, und ich will unbedingt meine Erinnerungen zurück. Ich will das wiederhaben, was wir scheinbar hatten. Denn jedes Mal, wenn ich ihn sehe, spüre ich, wie viel er mir bedeutet. Ein Leben ohne ihn scheint mir furchtbar einsam und leer.

Ich schultere meine Schultasche und verlasse das Haus, ohne nochmal ein Blick auf das Amulett zu werfen. Vor der Tür bleibe ich einen Moment stehen und sauge die frische Morgenluft in meine Lungen. Irgendwie fühle ich mich freier, seit ich das Amulett abgelegt habe. Als wäre eine Last von mir genommen worden, und trotzdem fehlt es mir irgendwie. Dieses Durcheinander ist schon seltsam. Ich versuche mich auf den Traum zu konzentrieren und auf mein bevorstehendes Gespräch mit Mila, während ich mich langsam in Bewegung setze. Immer noch völlig in Gedanken, laufe ich in die Richtung, in der die alte Eisdiele steht. Doch schon nach ein paar Schritten krache ich in jemanden hinein, da ich nicht geradeaus geschaut habe. »Oh, Entschuldigung«, murmele ich vor mich hin, ohne aufzusehen. »Guten Morgen, Eva. Kein Problem, ich glaube, ich war im Weg«, antwortet eine vertraute Stimme, und ich starre wie gebannt in die braun-schwarzen Augen von Lenni, die mich aufmerksam mustern. Einen kurzen Moment bin ich total perplex. Die Bilder des Traumes der letzten Nacht schießen mir erneut durch den Kopf, sein plötzliches Auftauchen und Louis Verschwinden. Das alles ist so verrückt.

»Geht es dir gut? Du siehst so aus, als hättest du einen Geist gesehen«, fragt er mich vorsichtig, und ich versuche meine Stimme wiederzufinden. »Ja, alles klar. Ich bin nur erschrocken. Was machst du denn hier?« Meine Stimme klingt viel zu hoch, ich kann die Nervosität, die langsam in mir hochsteigt, nicht wirklich verbergen. »Ich warte hier auf euch, damit wir gemeinsam zur Schule gehen können«, antwortet er und mustert mich dabei. »Weißt du, ich habe letzte Nacht von dir geträumt«, platzt es aus mir heraus. Wo kam das denn jetzt her? Seine Augen werden groß, bevor er einen amüsierten Gesichtsausdruck aufsetzt. Na das war ja mal peinlich, ich spüre die Röte in meinem Gesicht ansteigen. »Soso. Darf ich fragen, um was es dabei ging?« Sein Grinsen wird noch breiter. »Guten Morgen ihr zwei! Hab ich was verpasst?« Milas freudiges Quietschen unterbricht den peinlichsten Moment meines Lebens. Sie mustert uns beide aufmerksam, doch Lenni kommt mir mit seiner Antwort zuvor. »Eva hat mir gerade erzählt, dass sie von mir geträumt hat letzte Nacht. Ich warte nur noch auf die schmutzigen Details«, antwortet er süffisant. »Es gab keine schmutzigen Details! Ich habe mich mit einem Freund getroffen, doch als du aufgetaucht bist, ist er einfach direkt verschwunden, und ich bin aufgewacht.

Ende der Geschichte«, sage ich mit genervtem Unterton und setze mich in Bewegung Richtung Schule.

»Hast du Louis wiedergesehen?«, fragt Mila, als sie zu mir aufgeschlossen hat. »Hat er dir etwas Neues erzählt?«

»Ja, er hat mir gesagt, dass ich das Amulett loswerden muss, und deshalb habe ich es heute Morgen abgelegt. Doch als Lenni aufgetaucht ist, war er völlig überrascht und ist einfach verschwunden. Keine Ahnung, ob das etwas zu bedeuten hat. Kennst du vielleicht einen Louis?«, frage ich und drehe mich um, damit ich Lennis Antwort mitbekomme. Doch hinter uns ist nichts als eine leere Straße. Er ist verschwunden, wie vom Erdboden verschluckt. Wie geht das denn? Ich drehe mich wieder Mila zu, doch sie scheint genauso überrascht zu sein wie ich. »Vielleicht sehen wir ihn ja in der Schule wieder. Erzähl nochmal, was alles passiert ist in dem Traum letzte Nacht«, bittet Mila, und ich beginne ihr den Traum nochmal in allen Einzelheiten wiederzugeben. Doch Lennis plötzliches Verschwinden macht mich trotzdem misstrauisch. Vielleicht weiß er ja doch mehr, als er vorgibt.

19

Lenni

Wie kann sie nur von mir träumen? Das zerstört den ganzen Plan! Wahrscheinlich weiß Louis jetzt, dass ich hier unten bin und ist schon auf dem Weg, um mich zu suchen. Sobald sich die zwei in Bewegung gesetzt hatten, habe ich mich aus dem Staub gemacht. Ich muss unbedingt mit Sandbart sprechen. Mit zitternden Fingern fische ich das Handy aus meiner Hosentasche und drücke zweimal auf den grünen Hörer, bevor ich es an mein Ohr halte.

»Was denn?«, blafft er in mein Ohr nach dem zweiten Tuten. »Louis weiß, dass ich hier unten bin!«, gebe ich zurück, dann folgt erst mal Stille am Telefon. »Wie kommst du darauf?«, fragt er nach ein paar Minuten. »Eva hat mir erzählt, dass er sie in ihrem Traum besucht hat, und dann bin ich wohl dort aufgetaucht, und Louis ist sofort verschwunden. Ist so was überhaupt möglich?« Ungeduldig warte ich auf seine Antwort.

»Bestimmt hat Rosa ihm dabei geholfen! Wenn ich die in die Finger kriege, dann … Warum muss auch diese kleine Göre unbedingt von dir träumen? Das ändert alles! Sie werden sich bestimmt auf den Weg machen, um uns zu suchen. Du musst zurückkommen! Ich bereite alles vor. Sei in einer Stunde im Park«, faucht er durch die Leitung, dann ist sie tot. Super, jetzt ist er sauer auf mich. Als hätte ich mir ausgesucht, dass sie von mir träumt. Der Gedanke daran versetzt mir trotzdem einen kleinen Freudenstoß. Ob es etwas zu bedeuten hat, wenn sie einfach so von mir träumt? Vielleicht hat sie ja doch etwas mehr Interesse an mir, als sie sich eingestehen will. Ach, komm wieder runter! Wahrscheinlich hat ihr Unterbewusstsein die Verbindung zwischen Louis und mir hergestellt und nichts anderes. Als könnte ich im Vergleich zu meinem Bruder mithalten, das wäre doch völlig absurd. Ich versuche mich von diesen Gedanken zu lösen, da sie mich im Moment nur furchtbar wütend machen und ich dafür jetzt wirklich keine Zeit habe. Bevor ich zurück zu dem Treffpunkt im Park gehe, habe ich noch was anderes vor. Ich biege gerade in Evas Straße ein und versuche mich in den Schatten der Häuser zu bewegen. Ich halte Ausschau nach einem offenen Fenster und entdecke schließlich eines im oberen Stock.

Glücklicherweise steht ein Baum direkt davor, das gibt mir die Möglichkeit, versteckt nach oben zu klettern und mir Zutritt zum Haus zu verschaffen. Ich stehe in einem kleinen Zimmer mit weißen Möbeln und ein paar Stofftieren auf dem Bett. Vermutlich ist das Evas Zimmer, auf dem Schreibtisch entdecke ich ihre Schulbücher und einen kleinen silbernen Bilderrahmen. Ich nehme ihn hoch, um das Foto darin genauer anzuschauen.

Das sind wohl ihre Eltern und sie auf einem Segelschiff. Alle lächeln, und Eva ist bestimmt erst zehn. Mit den zwei Zöpfen sieht sie wirklich niedlich aus. Ich erwische mich selbst dabei, wie ich lächle. *Reiß dich zusammen!*, schimpfe ich mich selbst, als ich das Bild wieder zurück auf den Schreibtisch stelle. Ich gehe zu dem Regal hinüber in der Hoffnung, das Amulett zu finden, für das ich eigentlich hergekommen bin, doch Fehlanzeige. Es ist nicht hier! Ich verlasse das Zimmer und gehe nach unten, vielleicht hat sie es hier irgendwo gelassen. Als ich in den Flur trete, entdecke ich es auf der Garderobe, doch bevor ich es erreichen kann, höre ich das Klicken des Türschlosses. Mit einem Satz hechte ich durch die nächstgelegene Tür und finde mich in einem Wandschrank wieder. Super!

Ich höre eine Frauenstimme gedämpft durch die Tür, sie scheint mit jemandem zu sprechen, doch ich kann die andere Stimme nicht hören. Wahrscheinlich hat sie auch eines von diesen Handys. Ich halte den Atem an, bis ich endlich ihre Schritte auf der Treppe verhallen höre. *Jetzt aber schnell raus hier!*, ist mein einziger Gedanke. Ich öffne die Tür zum Wandschrank so leise wie möglich und schleiche hinaus auf den Flur. Dort schnappe ich mir das Amulett und verlasse das Haus durch die Eingangstür. Draußen angekommen, renne ich so schnell ich kann zum Park. Als ich ihn erreicht habe, klingelt prompt das Handy in meiner Hosentasche. »Ja?«, keuche ich hinein. »Ich hoffe, du bist da! Es geht los«, kommt die schnarrende Antwort, dann ist die Leitung wieder tot. Ich schaue mich nochmal im Park um, doch im Moment ist er menschenleer. Heute ist das Wetter auch nicht schön genug, um hier herumzusitzen. Mit einem leisen Surren erscheint das Portal, und ich gehe hindurch. Es fühlt sich immer noch an wie eine schnelle, kalte Dusche, wenn ich hindurchgehe. Doch sofort weht mir wieder der vertraute Geruch der Liberty um die Nase. Es ist wirklich schön, wieder zurück zu sein. »Sie sind schon auf dem Weg hierher! Du bleibst erst mal hier unten. Verstanden?«, zischt Sandbart mich an.

Ich nicke nur, im Moment möchte ich mich nicht mit ihm anlegen. Außerdem kann ich die Gelegenheit vielleicht nutzen, um in Sandbarts Büchern nach diesem Amulett zu suchen. Er verschwindet kurz darauf aus der Kajüte, und ich mache mich auf die Suche nach dem richtigen Buch. Es dauert eine ganze Weile, bis ich es gefunden habe und noch länger, dieses Amulett der verlorenen Liebe auf den Seiten selbst zu finden. Kein Wunder, dass Louis wollte, dass sie es auszieht, bei dieser Warnung. Plötzlich gerät das Schiff ins Wanken, und ich kann Kanonenschüsse hören. Sie haben uns wohl gefunden.

20

Louis

Nachdem uns wirklich niemand sagen konnte, wo sich die Liberty befindet, irren wir jetzt schon seit Stunden durch das Wolkenmeer. Ohne auch nur das geringste Anzeichen von diesem Schiff. Ich frage mich kurz, ob es vielleicht sogar möglich ist, das die Liberty ganz verschwunden ist, doch das wirkt mir zu absurd. Obwohl – nach dem, was ich in dieser Grotte erlebt habe und Lenni auf der Erde bei Eva war, scheint vielleicht auch das möglich zu sein. Ich stehe neben Feuerbart an Deck und lasse immer wieder den Blick über den Horizont schweifen. Irgendwo muss dieses blöde Schiff doch sein. Langsam neigt sich die Nacht auch dem Ende zu, und die ersten Sonnenstrahlen erhellen den Osten. Sie geben den Blick frei auf tiefhängende, graue Wolken unter uns. Es scheint wohl bald ein Gewitter zu geben auf der Erde. Perfekt für diese Situation, während dem Donner können wir wenigstens die Kanonen zünden, ohne darüber nachzudenken, wer uns hören könnte.

Ich genieße einen Moment den Anblick der aufgehenden Sonne. Daran werde ich mich wohl nie sattsehen können. »Schiff in Sicht, auf elf Uhr!«, tönt es auf einmal vom Ausguck. Feuerbart und ich wechseln einen schnellen Blick, bevor wir hinaus auf den Horizont starren. Genau auf elf Uhr ist sie, die Liberty. So weit ich das von hier erkennen kann, sind die Segel eingeholt, und sie steht einfach nur hier, mitten im Nirgendwo. Ich fühle, wie das Adrenalin durch meinen Körper fließt und mich völlig einnimmt. Ich bin bereit, ihm zu begegnen und werde alles tun, um herauszufinden, wie er zu Eva gelangt ist und was er dort wollte. Furchtbar langsam schleicht die Dragonfly auf die Liberty zu. Der Wind ist nicht wirklich auf unserer Seite. Wenn es möglich wäre, würde ich das Schiff verlassen und anschieben. Ich muss mich aber wohl gedulden. Es vergeht noch eine Stunde, bis wir schließlich direkt neben der Liberty stoppen und die Segel einholen. Uns trennen ungefähr hundert Meter. *Das ist zu weit zum Springen!,* sage ich zu mir selbst. Feuerbart postiert sich an der Reling und schaut durch ein Fernrohr hinüber zum Deck der Liberty. »Wo sind die denn alle?«, fragt er mehr zu sich selbst. »Kann ich mal gucken?«, frage ich ihn und halte ihm meine Hand hin.

Er legt das Fernrohr hinein und lächelt mir zu. »Vielleicht findest du ja einen von denen. Ich sehe niemanden«, ergänzt er zwinkernd. Ich versuche mein Glück und schaue durch das Fernrohr hinüber. Doch auch ich kann niemanden entdecken. Wo sind die nur alle? Ich bekomme ein furchtbares Gefühl.

Was ist, wenn sie alle auf die Erde gegangen sind? Feuerbart fordert mit einem Seitenhieb sein Fernrohr zurück, und ich gebe es ihm. »Na, dann rütteln wir sie mal wach, oder?«, flüstert er und zwinkert mir zu. »Alle Mann an die Kanonen!«, ruft er schließlich. Steve hat sich auf die andere Seite von Feuerbart gestellt und mustert ihn jetzt überrascht. »Feuerbart, du weißt, was det heißt, oder? Wenn de jetz was anfängst, musst de auch mit der Konsequenz leben. Die werden sicher mit derselben Feuerkraft antworten. Ik weiß nich, ob de die Dragonfly riskieren solltest«, sagt er aufgebracht. Ich weiß, dass er eigentlich Recht hat, und trotzdem machen mich seine Worte sauer. Weiß er eigentlich, was hier auf dem Spiel steht? Feuerbart legt mir eine Hand auf die Schulter und schaut dann zu Steve. »Die Dragonfly wird standhalten. Wir können ihnen allen standhalten. Mach dir keine Sorgen, Steve.« Seine Stimme ist ganz ruhig und erlaubt keine Wiederworte.

Steve nickt stumm und schaut wieder zur Liberty hinüber.»Käpt'n, die Druckluftkanonen sind bereit. Wir warten nur noch auf den Befehl, sie zu zünden«, sagt Karl nach kurzer Zeit direkt hinter uns und verschwindet dann sofort wieder unter Deck. Die Aufregung steigt mir bis zum Hals, und ich kann kaum noch richtig atmen. Diese Anspannung macht mich noch verrückt. Doch Feuerbart schaut weiterhin völlig gelassen zur Liberty hinüber.

Ich weiß nicht, ob er darauf hofft, dass Sandbart sich zeigt oder er die Vorfreude auskostet, bevor er die ersten Kanonen zündet. Ich bewundere ihn für diese Gelassenheit, während ich jetzt gerade ein Nervenfrack bin. »Feuer«, brüllt Feuerbart aus vollem Hals, und das Echo der Kanonenschläge halt zeitgleich mit dem ersten Donnergrollen der Wolken unter uns über den Himmel. Die zehn Luftkugeln sausen hintereinander durch die Luft. Nur drei erreichen die Liberty und lassen das ganze Schiff bedrohlich schaukeln. »Gleich nochmal«, ruft Feuerbart zum unteren Deck, und ein paar Sekunden später ertönen wieder die Kanonenschläge. Diesmal schlagen gleich vier in der Liberty ein, und wieder beginnt das Schiff zu schaukeln.

Mehrere Piraten erscheinen plötzlich an Deck, und sie versuchen sich an irgendetwas festzuhalten, während sie überrascht zu uns herüberschauen. Ich bin mir sicher, dass sie sich bald sortiert haben und zum Gegenschlag ansetzen. Das nächste Donnergrollen erschüttert den Himmel, und wir alle starren hinüber zur Liberty, um zu erahnen, ob sie etwas unternehmen oder nicht. Mein Blick wandert zu Feuerbart und seinem angestrengten Gesichtsausdruck. »Na, Sandbart was tust du jetzt?«, murmelt er leise vor sich hin. Im Moment interessiert mich mehr, wo sich Lenni befindet. Ob er immer noch auf der Erde ist? Was ich wohl mit ihm tue, sobald ich ihn in die Finger bekommen habe? In meinem Kopf schmiede ich schon die kuriosesten Rachepläne, und fast alle enden mit seiner blutüberströmten Visage am Boden. Irgendwie beruhigt mich diese Vorstellung für einen kurzen Moment, bevor mir diese Gedanken dann doch etwas Angst einjagen. Ich versuche mich wieder auf das Hier und Jetzt zu konzentrieren. Erst mal müssen wir ihn finden, und dann sehen wir weiter. »Okay, nochmal! Locken wir sie aus ihrem Versteck!«, schreit Feuerbart. Er wirkt mittlerweile völlig außer sich. Irgendwie macht er mir langsam Angst. Der nächste Donnerschlag wird wieder durch die Kanonenschüsse begleitet.

Doch diesmal sind wir nicht die einzigen, die schießen. Ich stürze an die Reling, um mich an ihr festzuhalten und gehe dahinter in Deckung, als eine der Luftkugeln ganz knapp an meinem Ohr vorbeisaust. Prompt entsteht ein furchtbarer schriller Piepton in meinem Kopf. Egal was ich versuche, er hört nicht auf. Ich nehme die Hand von der Reling, um sie auf mein Ohr zu legen und dieses Piepen loszuwerden, doch es hört einfach nicht auf. Ich habe das Gefühl, es sprengt gleich meinen Kopf. Meine Augen sind fest geschlossen, und ich taumle über das Deck. Plötzlich reißt mich jemand zu Boden, und ich krache auf die Planken. Mit einem Schlag entweicht alle Luft aus meinem Körper, und ich öffne entsetzt die Augen. Mein Herz beruhigt sich sofort, als ich in Feuerbarts weit aufgerissene Augen schaue. Sein Mund bewegt sich, doch ich kann ihn nicht verstehen. Er zieht mir die Hände von den Ohren weg, doch ich höre ihn nur gedämpft. Das Piepen hat etwas nachgelassen, aber dafür scheine ich auf dem rechten Ohr jetzt nichts mehr zu hören, abgesehen von diesem leisen Gepiepe. »Louis, was ist los? Die Kugel hätte dich gerade fast erwischt!«, brüllt Feuerbart mir entgegen.

Zumindest sieht es von seiner Mimik her so aus, als würde er brüllen, bei mir kommt nur ein Flüstern an. »Ich hatte ein Piepen auf dem Ohr und nicht aufgepasst«, brülle ich zurück. Er springt nahezu ein paar Meter rückwärts, als ich spreche und mustert mich aufmerksam. Ich war wohl ziemlich laut. »Das Piepen ist immer noch da, ich höre dich nur ganz schlecht«, versuche ich ihm mit Händen und Worten zu erklären. Er nickt, doch mir entgeht sein besorgter Blick nicht, den er mit einem Lächeln überspielt. »Achtung«, brüllt jemand von irgendwoher, und ich werfe mich flach auf den Boden während die Dragonfly bedrohlich anfängt zu schwanken. Ich rolle ein paar Meter nach rechts, bevor ich ein Seil zu fassen bekomme, das an einem der Maste befestigt ist. Als die Dragonfly sich wieder in ihre normale Position begeben hat, stütze ich mich vom Boden ab und komme wieder auf die Füße. Mein Blick huscht über das Deck, doch es sieht immer noch einigermaßen unversehrt aus. Nur ein Mast scheint betroffen zu sein. Er hängt jetzt nur noch an einem dünnen Stück Holz und wird bestimmt bald umknicken. Doch Ron und Karl versuchen schon, ihn wieder zu befestigen, sie hämmern neue Bretter dran zur Stabilisierung. Ich bin mir nicht sicher, ob er einen erneuten Schlag überstehen wird.

»Was willst du, Feuerbart? Was soll das alles? Können wir das nicht normal klären, wie vernünftige Leute?« Sandbarts Stimme durchschneidet die Luft und mit einem leisen Ploppen geht mein Ohr wieder auf, und das Piepen ist verschwunden. Wenigstens war es kein bleibender Schaden. Ich gehe wieder zur Reling und schaue zur Liberty hinüber. Sandbart steht an Deck mit einer großen Flüstertüte und schaut zu uns herüber. Feuerbart steht neben mir, und im Augenwinkel sehe ich, dass Steve ihm gerade auch eine Flüstertüte reicht. Feuerbart hält sich den schmalen Teil an den Mund und beginnt zu sprechen. Der Trichter der Flüstertüte, der nach vorne hin immer größer wird, lässt seine Stimme viel lauter erklingen. »Wir wollen mit Lenni sprechen. Wenn du ihn zu uns herüberschickst, können wir sofort mit dem Ganzen hier aufhören. Ansonsten holen wir ihn uns eben selbst.« Feuerbarts Stimme klingt ruhig und trotzdem bedrohlich. Ich warte angespannt auf Sandbarts Antwort. »Du weißt, dass ich ihn dir nicht einfach so überlassen kann. Ich habe auch keine Ahnung, warum du ihn so dringend sprechen musst, dass du mein halbes Schiff zerlegen willst. Ich finde das ganz schön unhöflich von dir, alter Freund«, antwortet er schnippisch.

Ich kann das Lachen nicht zurückhalten. Er hat Probleme mit unserer Unhöflichkeit. Wer hat mich denn gezwungen, in diese dumme Höhle zu gehen und mein Leben aufs Spiel gesetzt? Nach dem Lachen folgt die Wut, die in meinem Körper langsam von innen in meine Fingerspitzen kriecht. Feuerbart legt mir beruhigend eine Hand auf die Schulter, doch die kann dieses Gefühl nicht aufhalten. Er nimmt die Flüstertüte runter und sucht meinen Blick. Ich schenke ihm meine volle Aufmerksamkeit, als er leicht meine Schulter drückt. »Was denn?«, zische ich ihn an. »Ich habe einen Plan, und dafür brauche ich dich und Steve. Sandbart wird Lenni niemals freiwillig rausrücken, also müsst ihr ihn holen. Auf der anderen Seite des Schiffes ist unser Beiboot festgemacht. Steve und du, ihr fahrt weit raus und dreht dann einen großen Bogen, um auf der hinteren Seite der Liberty an Bord zu gehen. Lenni ist bestimmt irgendwo unter Deck. Ich versuche Sandbart abzulenken. Los, geh«, flüstert er mir verschwörerisch zu. Der Plan klingt gar nicht mal so schlecht – vorausgesetzt, wir können es mit der Crew aufnehmen, die uns vielleicht noch im Weg stehen könnte. Ich packe Steve am Arm und ziehe ihn mit zur hinteren Seite der Dragonfly.

Auf dem Weg dahin versuche ich ihm so schnell und leise wie möglich den Plan zu erzählen. Er nickt schließlich, und wir steigen in das kleine Beiboot mit dem riesigen Propeller. Jeder von uns macht sich an einem der Seile zu schaffen, und wir haben in kürzester Zeit den unteren Teil der Dragonfly erreicht. Ich starte den Propeller, und wir halten auf den mit dunklen Wolken verhangenen Himmel zu, weg von der Dragonfly.

21

Als die Dragonfly immer kleiner wird und uns der leichte Nebel einhüllt, der von den Wolken nach oben steigt, lenke ich unser kleines Boot nach links. Wir machen eine langgezogene Kurve und halten schließlich auf die Liberty zu. Steve beobachtet das Deck, das immer besser zu erkennen ist. Doch auf dieser Seite kann ich niemanden erkennen. Wahrscheinlich sind sie alle mit Feuerbart beschäftigt oder machen die Kanonen bereit für den nächsten Angriff. Je näher wir an die Liberty herankommen, desto besser kann ich die Stimmen von Feuerbart und Sandbart hören, die sich immer noch unterhalten. So nah wie möglich versuche ich das kleine Boot an die Liberty heranzubringen, und Steve macht sich sofort daran, an Deck zu klettern. Glücklicherweise gibt es an der Außenseite mehrere Holzdielen, die hervorstehen, vielleicht sind sie auch mit Absicht so angebracht. Sie ergeben eine wunderbare Leiter. Als Steve die Reling erreicht hat, späht er kurz hinüber, um sich an Deck umzusehen. Er gibt mir ein Zeichen, und ich werfe ihm das Seil zu, mit dem er unser Boot an der Reling befestigt. Dann ist er an Deck verschwunden.

Ich klettere an der Außenseite nach oben und schaue auch kurz über die Reling. Ich sehe Sandbart, der stur auf die Dragonfly hinüberstarrt und gerade etwas sagt, doch ich höre nicht hin. Im Moment habe ich nur das Ziel, Lenni zu finden und hier wieder wegzukommen. Ich kann noch sechs Männer bei Sandbart stehen sehen. Die Frage ist nur, ob die anderen von der Crew wirklich mit den Kanonen beschäftigt sind oder nicht. Ich beschließe, es darauf ankommen zu lassen. »Pssst, Lou!«, ertönt es plötzlich links von mir, und ich sehe Steve in der Tür stehen, die wahrscheinlich in das Innere des Schiffes führt. Ich schwinge mich über die Reling und laufe zu ihm rüber. Wir betreten einen schwach beleuchteten Flur, und meine Augen brauchen einen Moment, um sich an die Lichtverhältnisse zu gewöhnen. Steve schiebt sich an mir vorbei und deutet auf den Flur. Wahrscheinlich will er mir sagen, dass wir weitergehen sollten. Ich nicke und schleiche ihm dann hinterher. Steve scheint Lennis Zimmer zu suchen. Er schaut immer wieder auf die Schilder, die an den Türen angebracht sind. Nach kurzer Zeit mache ich es ihm nach, doch dabei übersehe ich, dass er plötzlich stehenbleibt und laufe in ihn hinein. »Was ...«, zische ich ihm zu. Doch da höre ich sie auch.

Zwei Stimmen kommen genau auf uns zu, und wir haben keine Möglichkeit, ihnen aus dem Weg zu gehen. Die letzte Tür ist ein ganzes Stück entfernt, und es gibt keine dunkle Ecke, in die wir uns gerade verkriechen können. Ich wappne mich innerlich schon mal für alles, was da jetzt um die Ecke kommen könnte. Auch Steve spannt alle Muskeln an. Als die zwei endlich um die Ecke biegen, stürzen wir uns direkt auf sie.

Ich schaffe es, den einen sofort umzureißen und schlage ihn mit einem gezielten Schlag an die Schläfe nieder. Alles passiert so schnell, dass sie es nicht mal schaffen, sich zu wehren. Als ich mich wieder hochrappele, sitzt Steve noch auf seinem Opfer, und ich strecke ihm meine Hand entgegen, um ihm aufzuhelfen. »Dat is ja schon lustig, wenn die so zu Boden gehen«, flüstert er mit einem Lächeln auf den Lippen. Ich nicke und lächle mit. Wir ziehen die zwei Männer an die Seite. Jetzt müssen wir uns auf jeden Fall beeilen, denn lange werden sie in diesem Zustand nicht bleiben. Ich laufe voran um die nächste Ecke und bleibe sofort stehen. Eine der Türen auf der rechten Seite wird gerade geöffnet, und ich überlege kurz, ob wir zurückgehen sollen, als mein Blick auf eine vertraute Person fällt.

Es ist Lenni, der gerade aus dem Raum auf den Flur tritt. Die Wut kriecht erneut aus meinem Inneren hervor, und ich spanne jeden einzelnen Muskel an. Noch hat er uns nicht gesehen, und wir müssen ihn unbedingt auf die Dragonfly bringen. Doch meine Vernunft setzt einfach aus, sobald meine Wut den Höchstlevel erreicht hat. Feuerbart hat schließlich nicht gesagt, in welchem Zustand wir ihn mitbringen sollen. Kurz bevor er den Kopf ganz in unsere Richtung gedreht hat, laufe ich los. Meine Bewegungen fühlen sich mechanisch an, als wären es nicht meine, sondern jemand würde die Fäden ziehen. Mit wenigen Schritten habe ich ihn erreicht, und er weicht instinktiv zurück.

Seine Augen sind weit aufgerissen, und er braucht einen Moment, um zu kapieren, dass ich es bin, der vor ihm steht. Er räuspert sich kurz, und schon erscheint wieder ein selbstgefälliger Ausdruck auf seinem Gesicht. »Louis, schön, dich zu sehen, Bruderherz. Nebenbei: alles Gute zum Geburtstag«, murmelt er. Doch ich kann den schleimigen Unterton hören. Woher weiß er, dass heute mein Geburtstag ist? Ich selbst habe es total vergessen, nach allem, was passiert ist. »Hör auf mit der Schleimerei!«, zische ich ihm entgegen. Mittlerweile zittern meine Muskeln schon von der Anspannung.

Ich will ihm eine verpassen, und dann laden wir ihn in das Boot. Ich hole aus, doch er schafft es, sich weg zu ducken, und ich verfehle ihn um wenige Zentimeter. Direkt versucht er zum Gegenschlag auszuholen, doch auch ich schaffe es rechtzeitig, aus dem Weg zu gehen. Nach zwei weiteren Schlägen ins Leere gehe ich einen Schritt nach vorne und packe ihn am Kragen. Verblüfft schaue ich ihn an, da er genau dasselbe tut. Auf einmal ertönt ein Surren wie von einem Bienenschwarm, und die Umgebung fängt an sich zu drehen. Die Farben verschwimmen und weichen einem grellen Weiß. Mittlerweile klammere ich mich mehr an Lenni, anstatt ihm damit zu drohen. Ich schaue in sein verwirrtes Gesicht, er scheint genauso überrascht zu sein wie ich. Also was zum Donner passiert hier? Um uns herum ist nur noch weißes Licht, und das Surren wird immer lauter. Plötzlich wird uns der Boden unter den Füßen weggerissen, und wir fallen.

Ich fuchtele wild mit den Armen, um mich irgendwo festzuhalten oder wenigstens meinen Fall abzubremsen, doch hier ist einfach nichts, und wir fallen immer weiter. Lenni ist nur ein paar Zentimeter von mir entfernt und versucht genauso verzweifelt, irgendetwas zu greifen. Doch wir fallen einfach weiter, dem grellen Licht entgegen.

Wirklich alle Erinnerungen an mein Leben ziehen vor meinem geistigen Auge vorüber. Die schönen Momente und auch die schmerzhaften. Besonders Evas Gesicht taucht immer wieder auf. Wie gerne hätte ich sie nochmal wiedergesehen, wer weiß, was aus uns hätte werden können, wenn wir die Gelegenheit dazu bekommen hätten. In Wellen schießt die Angst durch meinen Körper und lässt alle Gedanken und Bilder verschwinden. In meinem Kopf gibt es nichts mehr außer die Angst vor dem, was uns dort erwartet, wo wir mit rasender Geschwindigkeit draufzuhalten.

22

Plötzlich ist das Licht weg, alles ist dunkel, als hätte gerade jemand die Flamme einer Öllampe ausgepustet. Außerdem werde ich langsamer. Irgendwas oder irgendwer bremst meinen Sturz ab. Ich hoffe, dass es bei Lenni genauso ist. Ich will meine Gelegenheit nicht verpassen, ihm noch eine reinzuhauen. Nach kurzer Zeit lande ich sanft auf einem weichen Untergrund. Immer noch ist es einfach stockdunkel. »Hallo, ist hier jemand?«, rufe ich in das schwarze Nichts. »Ja, ich bin hier, du Trottel. Wo hast du uns hier hingebracht?«, blafft Lenni zurück. Ich habe irgendwie das dumme Gefühl, dass wir nicht zufällig zusammen hier sind. »Nur das du es weißt, ich habe gar nichts gemacht. Genauso wenig wie du. Für das hier ist eine höhere Macht verantwortlich, wenn ich mich nicht täusche.« Als ich gerade fertig gesprochen habe, kommt das Licht schlagartig zurück, und ich muss meine Augen schließen, um nicht geblendet zu werden.

»Hallo, willkommen! Schön, dass ihr hier seid. Besteht ihr die Rätsel der Bucht der Träume, seid ihr frei, und Louis kann seine Eva wiedersehen. Bedenkt aber eines:

*Die Aufgaben dienen hauptsächlich eurer In-
formation und nicht als Strafe. Haltet zusammen, und ihr werdet verstehen«*, flötet diese
gestaltlose Stimme, die auch schon in der
Höhle mit mir gesprochen hat.

Also hatte ich wenigstens richtig vermutet, wir
sind in dieser Bucht. Eva wiederzusehen ist
Priorität Nummer eins, also werde ich wohl
oder übel mit Lenni kooperieren müssen. Mal
sehen, wie das so abläuft. Das Licht wird
langsam schwächer, also kann ich die Augen
wieder öffnen. Als ich mich umsehe, erkenne
ich Sand unter mir, er ist weich und warm. Um
mich herum ragen weiße Felsen gut zwanzig
Meter in die Höhe. Der Himmel ist strahlend
blau, und die Sonne scheint, dasselbe Blau
hat auch das Wasser, das stetig am Sand
leckt und sich wieder ein Stück zurückzieht,
um dann erneut nach vorne zu stoßen. Als ich
das Wasser genauer anschaue, sehe ich,
dass es in der Ferne einfach abrupt endet und
nach unten wegfließt. Wie das wohl funktioniert? Feuerbart könnte mir das sicherlich im
Detail erklären, ich werde mir die Frage also
im Hinterkopf behalten, bis ich ihn wiedersehe. Lenni beobachtet mich von der Seite, er
sitzt ein paar Meter entfernt von mir. »Was
denn?«, blaffe ich ihn an. »Nichts, ich frage
mich nur, was wir jetzt machen sollen.

Wir sitzen hier gerade nur blöd rum, und ich habe immer noch keine Ahnung, was das hier eigentlich soll beziehungsweise wie wir hier überhaupt hingekommen sind«, antwortet er mit sehr viel Verwirrung in der Stimme. Naja, vielleicht kann ich ihm wenigstens sagen, was ich weiß, dann sind wir auf demselben Informationsstand und können gemeinsam weitersehen. Scheinbar kommen wir hier nur weg, wenn wir zusammenarbeiten. Doch wirklich jede Faser meines Körpers sträubt sich jetzt schon dagegen. »Kennst du die Legende der ungleichen Brüder?«, frage ich schließlich. Er schüttelt nur den Kopf.

»Zwei Brüder von der Art verschieden, einer nur durch Bosheit getrieben, der andere rein im Herzen und gut, werden brauchen all ihren Mut. Die Rätsel der Bucht, sie wiegen schwer, nur zusammen kann man es schaffen, seht nur her. Wenn die Jahre siebzehn zählen, muss einer dem anderen sich ergeben. Der Tod ist beiden sonst gewiss, wenn sie nicht beilegen ihren Zwist.«

Als ich die Legende fertig zitiert habe, schaue ich Lenni aufmerksam an. Doch er weicht meinem Blick aus und starrt stur vor sich in den Sand, als würde er jedes Korn einzeln zählen.

Kurz macht es mich rasend, aber ich versuche die aufkommende Wut zu unterdrücken. »Bin ich wirklich so böse?«, murmelt er leise vor sich hin.Mir bleibt die Luft weg. Hat er das gerade wirklich gefragt? Nach allem, was die letzte Zeit passiert ist? In welcher Traumwelt lebt der denn? Trotz allem tut er mir fast ein bisschen leid. Ich bin selbst überrascht, welche Richtung meine Gedanken gerade nehmen, aber vielleicht will er sich ja ändern, oder er hat eine verzerrte Wahrnehmung und sieht sich in einem ganz anderen Licht. Oder er ist einfach nur völlig verrückt. Bei ihm ist alles möglich. »Ist das dein Ernst?«, frage ich zurück. Allerdings sollte es nicht ganz so sarkastisch klingen. »Ich meine, nach allem was passiert ist, solltest du dir diese Frage doch alleine beantworten können«, ergänze ich trotzig. Er schaut mich düster an, und doch erkenne ich auch einen kleinen Schimmer von Traurigkeit. »Ich weiß durchaus, was ich getan habe, aber das habe ich alles nur getan, um Sandbart zu helfen«, antwortete er schließlich. Ich bin völlig perplex von seiner Ehrlichkeit. Eigentlich hatte ich erwartet, dass er mir an den Hals springt. »Weißt du, nicht jeder hatte so ein Glück mit den Bekanntschaften, die er gemacht hat, wie du.

Manche von uns mussten schon immer etwas mehr kämpfen für Aufmerksamkeit und Zuwendung«, fährt er fort und schaut mich dabei geringschätzig an. »Was soll das denn jetzt heißen?«, blaffe ich ihn an. »Ich meine ja nur, dass du vielleicht einfach mehr Glück hattest mit deinen Bekanntschaften als ich. Du warst doch schon immer jedermanns Liebling. Da konnte ich doch sowieso nicht mithalten, also blieb mir ja nicht wirklich etwas anderes übrig. Sonst wäre ich in diesem Heim versauert oder vielleicht sogar schon tot. Sandbart war der einzige, der sich für mich interessiert hat. Auch wenn seine Methoden vielleicht nicht immer die richtigen sind, war er mein einziger Ausweg«, antwortet er wütend. »Du willst mir ja nicht allen Ernstes vorwerfen, dass ich daran schuld bin, wenn du so ein Arsch bist!«, belle ich ihn an, während die Wut langsam in mir hochkocht.

Der hat sie doch nicht alle! »Wer denn sonst? In deinem Schatten aufzuwachsen ist echt anstrengend«, blafft er zurück. Das gibt mir den Rest, nach allem, was die letzte Zeit passiert ist. Evas Verschwinden, die Grotte, Pieties Tod und dann noch sein Auftauchen in ihrem Traum lässt mich die Kontrolle verlieren. Ich stürze mit einem Satz auf ihn zu und reiße ihn um. Er liegt unter mir im Sand, und ich sitze auf ihm.

So fest ich nur kann, schlage ich ihm ins Gesicht, doch meine Hand verfehlt ihr Ziel, da er es schafft, sie abzuwehren. Er packt meine Handgelenke und funkelt mich zornig an. »Geh sofort von mir runter!«, faucht er mich an. Doch ich denke nicht dran, ihm diesen Gefallen zu tun. Ich lasse meinen Kopf nach unten schnellen, und meine Stirn trifft seine Nase. Fluchend lässt er meine Handgelenke los und schleudert mich mit einer schnellen Bewegung herunter. Ich lande neben ihm im Sand und rapple mich direkt wieder hoch. Lenni kontrolliert gerade, ob seine Nase gebrochen ist. Doch ich sehe kein Blut. Wie eine Katze springt er auf die Füße und geht in Lauerstellung, mit erhobenen Fäusten. Ich stehe auch auf und erhebe meine Fäuste zum Kampf. Die Freude, die sich in meinem Körper ausbreitet, da ich ihm endlich so richtig eine verpassen kann, macht mich irgendwie nervös. Doch ich habe keine Zeit, mir darüber den Kopf zu zerbrechen, denn Lenni kommt schreiend auf mich zugesprungen, und ich schaffe es nicht, ihm rechtzeitig auszuweichen. Seine Faust gräbt sich in meinen Magen und lässt alle Luft aus meinem Körper entweichen. Ich sacke zusammen. Da ich so damit beschäftigt bin, mich nicht zu übergeben, trifft sein Knie direkt auf mein Kinn, und ich kippe nach hinten in den Sand.

Ich atme schwer und starre dabei in den blauen Himmel. Der Schmerz verteilt sich in Schüben durch meinen ganzen Körper. Ich höre Lennis Schritte im Sand und versuche meinen Körper auf den nächsten Schlag einzustellen oder auf eine Abwehr, doch bevor er mich erreicht, wird er zurückgezogen. »Was soll das denn jetzt?«, höre ich ihn schreien.

23

ch stütze mich auf den Ellenbogen ab und sehe Lenni, der durch eine unsichtbare Kraft festgehalten wird. Mit aller Macht versucht er sich dagegen zu wehren. Sein Gesicht ist nach kurzer Zeit knallrot angelaufen, und ich habe das Gefühl, dass er kaum Luft bekommt. Für einen kurzen Moment überlege ich, ihn seinem Schicksal zu überlassen, doch das kann ich nicht. Also versuche ich langsam wieder auf die Beine zu kommen. Es ist zwar ein wenig wackelig, aber ich kann stehen. Nur der Schmerz in meinem Kiefer bringt mich schier um. Eines muss man Lenni ja lassen, er hat Kraft. Als ich wieder zu ihm hinüberschaue, ist er schon tiefrot angelaufen, und seine Abwehrbewegungen sind viel langsamer geworden. Das schlechte Gewissen nagt an mir, ich kann ihn nicht einfach so sterben lassen. Ich mobilisiere meine Kräfte und renne auf ihn zu. Bei ihm angekommen, kann ich seine Hand greifen und versuche ihn wegzuziehen von dem, was ihn da festhält. Sobald ich ihn berühre, höre ich ein leises Zischen in der Luft, und Lenni geht keuchend zu Boden. Er kniet direkt vor meinen Füßen und saugt rasselnd die Luft in seine Lungen.

»Was … war … das … denn?«, keucht er zwischen den Atemzügen. »Ich habe keine Ahnung«, antworte ich ihm aufrichtig. Im Moment wüsste ich auch gerne, was hier vor sich geht. Noch bevor ich diesen Gedanken zu Ende gedacht habe, erfüllt ein Surren die Luft, und es wird schlagartig eiskalt. Ich kann meinen Atem sehen, der in kleinen Wolken aus meiner Nase dringt. Ich schlinge meine Arme fest um meinen Oberkörper, um wenigstens etwas von der Kälte abzuhalten. Lenni kauert auf dem Boden, er hat sich zu einer Kugel zusammengerollt und zittert am ganzen Körper. Ich schaue verwirrt in den Himmel, doch die Sonne strahlt immer noch, nur ihre Wärme ist verschwunden. Der Rest der Bucht scheint ebenso unverändert. Ich spüre die Kälte mittlerweile wie tausende kleine Nadelstiche auf meinem ganzen Körper. Lange werden wir das nicht aushalten. Ich beuge mich zu Lenni hinunter und versuche ihn auf die Beine zu ziehen, vielleicht hilft es ja etwas, wenn wir uns gegenseitig wärmen. Diese Idee alleine lässt schon die Galle in meinem Hals ansteigen, aber irgendwie müssen wir ja überleben. Schlotternd steht er neben mir und schaut mich mit großen Augen an.

Seine Lippen sind schon dunkelblau, und auf seinen Wimpern und Augenbrauen haben sich kleine Eiskristalle gebildet. Ich versuche ihn näher an mich ran zu ziehen.

»Was hast du vor?«, fragt er mich mit klappernden Zähnen. »Wir sollten versuchen, uns gegenseitig zu wärmen, vielleicht können wir dann überleben«, erkläre ich ihm. Ich sehe in seinen Augen, dass er nicht wirklich begeistert ist von dieser Idee. Na, frag mich mal! Er legt trotzdem die Arme um mich, und ich tue das Gleiche bei ihm. Als wir die Lücke zwischen uns geschlossen haben, höre ich ein leises Ploppen, und die Kälte schleicht langsam aus meinem Körper. Ich kann meine Finger und Zehen wieder spüren. Gleichzeitig verschwimmt die Umgebung, und die Bucht verschwindet. An ihrer Stelle erscheint ein kleines Haus aus rotem Backstein. Vor dem Haus ist ein kleiner Garten, der von einer Hecke umgeben ist. Dieses Haus kommt mir irgendwie bekannt vor. Sobald die Umgebung wieder richtig ist, fängt es an zu regnen. Lenni stolpert erschrocken ein paar Schritte rückwärts. »Was? Wo? Wie?«, stottert er vor sich hin. Ich kann mir ein Schmunzeln nicht verkneifen. »Willkommen in meiner Welt. Du wirst dich schon noch dran gewöhnen«, gebe ich lachend zurück.

Es ist verrückt, das alles hier als meine Welt zu bezeichnen, aber seit den Prüfungen in dieser Grotte kann mich das hier nicht mehr schocken. Nach wenigen Sekunden bin ich völlig durchgeweicht. Meine Kleidung klebt an mir wie eine zweite Haut. Ich versuche etwas zu erkennen, durch den Grauschleier des Regens. Das Gartentürchen, das in die Hecke eingelassen ist, schwingt quietschend zur Seite. Wahrscheinlich sollen wir da hineingehen. Ich werfe Lenni einen Blick zu, und er schaut völlig panisch von dem Türchen zu mir und wieder zurück. Seufzend setze ich mich in Bewegung, direkt darauf zu. Kurz bevor ich es erreicht habe, packt Lenni mich an der Schulter und zwingt mich so ihn anzusehen.

»Was denn?«, fauche ich ihn an. Er zieht sofort seine Hand zurück. »Was hast du vor?«, zischt er mich an. »Wir sollen wohl hineinge-hen. Also gehe ich da rein. Vielleicht endet dann alles, und wir können zurück«, antworte ich. Wie sehr ich mir wünsche, dass es wirk-lich so einfach ist, doch irgendwie habe ich das Gefühl, dass dies hier nur die erste von vielen Stationen auf dieser verrückten Reise ist. »Kommst du mit?«, frage ich schließlich, und Lenni nickt. Ich drehe mich um und gehe durch das Gartentürchen direkt auf das Haus zu.

Als wir näherkommen, erkenne ich einen Lichtschein im Fenster. Meine Finger berühren kaum den Türgriff, und sie schwingt leise nach innen. Wir stehen in einem schwach beleuchteten Flur, in dem eine schmale Holztreppe nach oben führt. An beiden Seiten führen Türen in andere Räume. Ich zucke zusammen, als Lenni die Tür hinter uns geräuschvoll zuknallen lässt. Über meine Schulter hinweg funkle ich ihn böse an, doch er zuckt nur entschuldigend mit den Achseln. »Wo sind wir?«, formt er lautlos mit den Lippen.

Jetzt ist es an mir, mit den Schultern zu zucken. Ich habe keine Ahnung, und trotzdem habe ich dieses vertraute Gefühl, irgendwoher kenne ich diesen Ort. Plötzlich ertönt ein Schrei hinter der Tür auf der rechten Seite. Unmittelbar danach wird die linke Tür aufgerissen, und ein Mann erscheint im Flur. Ich starre ihn mit angehaltenem Atem an, doch er scheint keinerlei Notiz von uns zu nehmen. Wahrscheinlich sind wir gar nicht wirklich hier. Ich lasse meinen Atem leise entweichen, als der Mann näher an uns herantritt und unentwegt auf die rechte Tür starrt. Er scheint unentschlossen, ob er hindurchgehen soll oder nicht. Als erneut ein Schrei ertönt, fährt er sich aufgeregt mit der Hand durch seine schwarzen Locken.

Ich fange an ihn genauer zu betrachten. Er ist relativ groß und sportlich. Unter seiner engen Kleidung erkennt man viele Muskeln. Doch sein Gesicht liegt hauptsächlich im Dunkeln, was es mir erschwert, ihn richtig anzuschauen. Ein dritter Schrei fordert erneut seine Aufmerksamkeit. Es scheint eine Frau zu sein, die unheimlich starke Schmerzen hat, wahrscheinlich ist es seine Frau. Der Mann beginnt auf dem Flur auf und ab zu laufen und fährt sich dabei immer wieder durch die Haare. Die Minuten streichen dahin, immer wieder wird die Stille durch die Schreie der Frau durchbrochen. »Was ist hier los?«, flüstert Lenni hinter mir. Ich hatte vergessen, dass er auch hier ist.

»Ich denke, wir sollen das beobachten. Ich weiß nur nicht warum. Kommt dir hier irgendwas bekannt vor?«, frage ich und wende mich zu ihm um. Doch er schüttelt nur den Kopf. »Eigentlich nicht, aber irgendwie fühlt es sich vertraut an«, murmelt er noch. »Ich weiß, was du meinst. Mir geht es genauso«, flüstere ich zurück. Lennis Augen werden groß, als hinter mir die rechte Tür aufgeht und jemand auf den Flur hinaustritt. »Christopher, ich würde dir gerne jemanden vorstellen«, ertönt eine vertraute Stimme. Ein Schauer durchfährt meinen Körper und lässt nur Kälte zurück.

Ich drehe mich langsam herum und starre auf eine jüngere Version der Frau, die mir so vertraut ist. In ihren Armen liegt ein kleines Baby in Decken gehüllt. Erst jetzt fällt mir auf, dass mein Mund offen steht, und ich schließe ihn sofort. Der Mann durchquert den Flur mit ein paar Schritten und nimmt das Kind behutsam entgegen. Endlich kann ich sein Gesicht sehen, es ist fast, als würde ich in die Zukunft sehen. Er sieht genauso aus wie ich, nur älter, und die Augen sind dunkler.

»Wie geht es Magret? Kann ich zu ihr?«, fragt er aufgeregt, und sie nickt, während sie strahlend einen Schritt zur Seite geht, um ihm den Weg freizumachen. Der Mann geht auf den Raum zu und dreht sich nochmal zu ihr um, bevor er hineingeht. »Danke, Rosalind, danke für alles«, sagt er mit einem Lächeln. Dann ist er in dem Raum verschwunden, und Rosa folgt ihm nach. Mein Körper gehorcht mir überhaupt nicht mehr, ich kann mich einfach nicht bewegen. Was macht Rosa hier? Wer sind diese Leute? Was geht hier vor? Die Fragen in meinem Kopf fahren Achterbahn, und ich stehe hier wie angewurzelt. Lenni schiebt sich schließlich an mir vorbei und geht zu dem Raum hinüber, in dem sie alle verschwunden sind.

24

Lenni

Ich habe keine Ahnung, was hier vor sich geht, und vor allem verstehe ich nicht, wie Rosa hier auf einmal auftauchen kann. Aber das alles ist mir im Moment ziemlich egal, vor allem auch, dass Louis wie angewurzelt dasteht und mit offenem Mund in der Gegend herumstarrt. Ich will wissen, was in diesem Raum vor sich geht. Also gehe ich einen Schritt in den Raum hinein und bleibe dann doch stehen, als mein Blick auf die Frau im Bett fällt. Sie ist umrahmt von dem Licht der Öllampe, die auf dem Nachttisch steht. Es lässt sie leuchten wie einen Engel. Ihre braunen Haare fallen in langen Wellen auf ihre Schultern. Ich schaue mir ihr Gesicht ganz genau an. Ihre Augen sind leuchtend grün, und ihr Mund ist zu einem warmen Lächeln verzogen. In ihren Armen hält sie ein weiteres Baby. Es ist in Decken gehüllt, genauso wie das Baby auf dem Arm des Mannes, das er sanft hin und her wiegt.

Beide schauen sich und die Kinder abwechselnd liebevoll an. Der ganze Raum ist so voller Herzenswärme, dass einem fast schlecht werden könnte. »Wie sollen die zwei denn heißen?«, fragt Rosa mitten in den Moment hinein. »Das ist Louis, und der junge Mann auf Christophers Arm heißt Lenni«, ertönt die Stimme der Frau in dem Bett. Die Erkenntnis trifft mich wie ein Schlag. Das sind wir, und das heißt, diese Leute sind unsere Eltern. Ich höre Louis' Seufzen hinter mir, bisher hatte ich gar nicht mitbekommen, dass er mir in den Raum gefolgt ist. Er scheint genauso überrascht von der Situation wie ich, was mich eigentlich beruhigen sollte, doch irgendwie glaube ich immer noch, dass der Spinner hier irgendwie die Fäden zieht. Zwar weiß ich nicht, wie er das macht und warum, aber wer soll denn sonst dafür verantwortlich sein? Ich drehe mich ohne Vorwarnung zu ihm um und packe ihn am Kragen. »Was soll das alles hier? Hör sofort auf mit diesem Mist und bring uns wieder zurück auf die Liberty!«, blaffe ich ihn an. »Nimm die Hände von mir! Ich kann da nichts dafür. Ich will genauso wenig hier sein wie du. Wenn ich uns zurückbringen könnte, wären wir schon dort!«, zischt er und schubst dabei meine Hände zurück.

Vermutlich sagt er wirklich die Wahrheit, aber ich werde mir das Recht einräumen, ihn grün und blau zu schlagen, wenn ich herausfinde, dass er doch etwas damit zu tun hat. Als ich mich wieder unseren Eltern zuwende – wirklich verrückt, so etwas zu denken –, bemerke ich, dass sie uns anstarren, und das nicht gerade freundlich. Ihre Gesichter sind zu furchteinflößenden Fratzen verzogen, und die Augen sind nur noch schwarze Löcher, die uns direkt durchbohren.

Ihr Anblick verursacht eine Gänsehaut auf meinem ganzen Körper, und ich versuche langsam rückwärts aus dem Zimmer zu gehen, doch ich krache natürlich direkt mit Louis zusammen. Langsam bewegen sich die Personen vor mir, der Raum verschwindet, und sie stehen plötzlich zu dritt vor uns in einem dunklen langen Flur. Die Wände sind aus grauem, feuchtem Stein, und lediglich ein paar Fackeln erleuchten den engen Raum um uns herum. Das Licht lässt Schatten über die drei Fratzen tanzen, was sie nur noch bedrohlicher wirken lässt. Alle Muskeln in meinem Körper spannen sich an, und im Augenwinkel kann ich sehen, wie auch Louis sich für einen Kampf bereit macht. Es ist verrückt, wie aus dieser schönen Situation, die gerade noch vor unseren Augen ablief, nun diese Horrorvorstellung geworden ist.

Ich schaffe es gerade noch, einmal tief durchzuatmen, bevor sich die drei auf uns stürzen. Der Mann, der vor ein paar Sekunden noch mein Vater war, kommt schreiend auf mich zu, und ich schaffe es, seine Faust abzuwehren. Ich selbst erwische ihn mit der Faust in die Nieren, und er geht keuchend zu Boden. Als ich mich zu ihm umdrehe, um den nächsten Schlag zu platzieren, springt die Frau plötzlich auf meinen Rücken und fängt an, mir von hinten die Kehle zuzudrücken. Ich versuche sie zu fassen und stolpere dabei mehrere Schritte rückwärts. Verzweifelt halte ich nach Louis Ausschau, doch der hat es gerade geschafft, Rosa auszuschalten und muss es jetzt mit dem Mann aufnehmen.

Ich versuche weiter die Frau abzuschütteln, aber je mehr ich es versuche, umso fester drückt sie auf meine Kehle. Langsam wird das Atmen immer schwerer. Während die Gedanken in meinem Kopf hin und her gehen, kommt mir schließlich doch noch eine Idee. Ich stütze mich mit den Händen an der einen Wand ab, bevor ich mit aller Kraft, die mir noch bleibt, rückwärts gegen die andere Wand hechte. Ich kann die Knochen knacken hören, als ihr Körper auf die Steine trifft. Sofort lässt sie mich los, und ich stürze ein paar Schritte vorwärts, weg von ihr.

Ich drehe mich zu ihr um, nur um zu bemerken, dass sie zusammengesackt auf dem Boden kauert. Wahrscheinlich ist sie tot. Ich stütze meine Hände auf den Knien ab und sauge so viel Luft wie möglich in meine Lungen. Jeder einzelne Atemzug brennt wie Feuer, genauso wie jedes Schlucken. Das war schon das zweite Mal heute, dass jemand versucht hat, mich zu erwürgen, so langsam geht mir das ziemlich auf die Nerven. Als ich wieder zu der Frau rüber schaue, ist sie verschwunden. Die Nervosität schleicht durch meinen Körper, als ich mich in dem Gang umschaue, doch ich kann sie nirgends sehen, genauso wenig wie Rosa. Nur Louis und der Mann sind immer noch in einen Kampf verwickelt. Erst kommt mir der Gedanke, ihm vielleicht etwas zur Hand zu gehen, doch noch bevor ich das zu Ende gedacht habe, geht der Mann zu Boden und löst sich einfach auf. Kann das eigentlich noch verrückter werden hier? Ich suche Louis' Blick, und er sieht mich einfach nur fragend an, während er sich mit der Hand Blut aus dem Mundwinkel wischt. »Was passiert jetzt?«, frage ich ihn, ohne wirklich Hoffnung zu haben, dass er mir diese Frage beantwortet.

Mittlerweile bin ich mir sicher, dass er genauso wenig für all das hier verantwortlich ist wie ich, er hätte sich bestimmt nicht freiwillig in diese Situation gebracht, wenn er die Wahl gehabt hätte. »Wenn ich das nur wüsste. Bist du verletzt?«, antwortet er zwischen zwei tiefen Seufzern. Ich schüttle den Kopf, nachdem ich nochmal innerlich alle Teile meines Körpers im Schnelldurchlauf abgetastet habe. »Bist du verletzt?«, frage ich zurück, aber mehr aus Höflichkeit als aus Interesse. »Ne, nur ein paar Kratzer. Ich denke, wir müssen wohl da entlang«, gibt er zurück und zeigt dann an mir vorbei. Ich schaue in die Richtung und bemerke einen hellen Lichtschein, der wohl das Ende dieses Ganges markieren soll. *Wer weiß, was dort wartet!*, schießt mir durch den Kopf. Wir haben wohl keine andere Wahl, als hinzugehen und es rauszufinden. Louis klopft mir auf die Schulter und geht dann langsam auf das Licht zu. Es dauert nicht lange, und er wird von dem Weiß völlig verschluckt. *Was wohl passiert, wenn ich ihm nicht folge und einfach hier zurückbleibe?* Bevor dieser Gedanke in meinem Kopf zu einer richtigen Idee werden kann, ertönt ein dumpfes Grollen in dem kleinen Gang. Ich schaue weg von dem Licht und versuche, in dem dunklen Gang etwas zu erkennen.

Das Grollen wird immer lauter, es scheint direkt auf mich zuzukommen. Unter das Geräusch mischt sich schließlich ein Gluckern, und das Ganze hört sich an wie eine Welle, die jetzt in meinem Blickfeld erscheint und mit einem enormen Tempo immer näherkommt. Ich brauche einen Moment, um zu realisieren, was hier vorgeht.

Die Befehle meines Gehirns zu rennen, scheinen einfach nicht bei meinen Beinen anzukommen, während das Wasser erbarmungslos näherkommt. Kurz bevor es mich erreicht, ist die Verbindung wieder da, und ich renne, so schnell ich kann, in Richtung Licht. Auf der halben Strecke erfasst mich die Welle, und ich werde nach vorne geschleudert, bevor ich in einem wilden Strudel durchgeschüttelt werde. Überall um mich herum ist Wasser, und ich schlucke einiges davon, während ich versuche, nach Luft zu schnappen. Dann ist es plötzlich ganz still, und ich knie hustend auf einem weichen Untergrund. Meine Augen sind fest geschlossen, als sich eine Hand auf meine Schulter legt. Ich zucke kurz zusammen, bevor ich eine vertraute Stimme höre. »Alles in Ordnung?«, fragt Louis. Ich habe das Gefühl, dass er sich ernsthaft Sorgen macht.

Irgendwie löst diese Erkenntnis eine Wärme in meinem Inneren aus, die ich einfach ignoriere. Ich öffne die Augen und stehe auf.

»Ja, alles klar«, antworte ich knapp. »Wo sind wir diesmal?«, ergänze ich noch und schaue mich dabei um.

25

Louis

Unglaublich, dass er nach dieser Aktion so trotzig sein kann. Gerade eben ist er noch in einer Wasserfontäne aus dem Nichts geschossen, und jetzt macht er so, als sei alles in Ordnung. Er muss wirklich verrückt sein! »Wir sind zurück in der Bucht. Fragt sich nur, wie lange wir hier bleiben«, antworte ich nach kurzer Zeit. Ich halte Ausschau nach irgendwelchen Anzeichen einer nächsten Bedrohung, doch es ist nichts zu sehen. »Was machen wir jetzt? Einfach hier sitzen und warten? Das ist doch ätzend«, meckert Lenni neben mir. Ich kann ihn verstehen, doch eigentlich bin ich ganz froh über die kurze Verschnaufpause. Die Begegnung mit unseren Eltern und Rosa steckt mir immer noch in den Knochen. Warum hat sie mir nie erzählt, dass sie bei unserer Geburt dabei war? Oder dass sie unsere Eltern kannte beziehungsweise dass sie wusste, dass wir Brüder sind? Das ist doch alles total bescheuert. Bei was hat sie mich eigentlich noch alles belogen?

Hat sie mir überhaupt jemals die Wahrheit gesagt? Die Zweifel an unserer Beziehung nagen an mir und hinterlassen ein Loch in meinem Herzen. Ein Kinderlachen in der Nähe fordert meine Aufmerksamkeit, und ich schaue Lenni erst mal fragend an. Doch er starrt nur auf irgendwas in der Ferne. Ich folge seinem Blick und erkenne zwei Jungen, die im Sand spielen. Sie sind bestimmt nicht älter als zwei. Etwas entfernt sitzen Christopher und Magret unter einem Sonnenschirm und schauen ihnen zu. *Da ist sie also, die zweite Runde!,* schießt es mir durch den Kopf.

Langsam bewegen wir uns auf die Szene zu, und ich beobachte unsere jüngeren Ichs beim Spielen. Sie scheinen glücklich und ausgelassen. Sie kichern und rollen sich im Sand, nichts scheint daran ungewöhnlich oder bedrohlich. Lenni steht direkt neben mir, und ich kann im Augenwinkel ein Lächeln auf seinem Gesicht erkennen. Plötzlich legt sich ein Schatten auf die zwei Kinder, und ich folge ihm zu der Person, die sich vor die Sonne geschoben hat. Mir bleibt kurz die Luft weg, als ich Rosa wiedersehe. Eigentlich sollte es mich nicht wirklich überraschen, dass sie auch hier auftaucht. Ich werde sie auf jeden Fall darauf ansprechen, wenn ich sie das nächste Mal treffe.

Die drei flüstern aufgeregt miteinander, doch ich kann sie nicht verstehen. Immer wenn ich einen Schritt nähergehe, scheinen sie noch ein Stück weiter zurückzuweichen. Was auch immer besprochen wird, sollen wir wohl nicht erfahren.

Auf einmal geht alles ganz schnell. Magret und Christopher nehmen die Kinder an die Hand und laufen auf die großen Felsen zu, weg von dem Wasser. Lenni und ich wechseln einen kurzen Blick und rennen dann hinterher. Doch bevor wir die Felsen erreichen können, verschwimmt die Umgebung und zwingt uns dazu, stehenzubleiben. Ich schließe die Augen, weil der Farbstrudel, der sich direkt vor mir bildet, in mir Übelkeit verursacht. Es dauert nur ein paar Sekunden, bis wir nicht mehr im Sand der Bucht stehen. Der Boden unter meinen Füßen ist hart und unnachgiebig, außerdem ist es kalt und riecht irgendwie verfault. Ich öffne die Augen und sehe mich um. Wir stehen in irgendeinem Raum, er ist relativ klein, dunkel und wirklich alles ist aus dunklem Holz. Die Wände, der Boden und selbst die quadratischen Löcher in der Wand, die scheinbar mal Fenster waren, sind mit Brettern zugenagelt. Ein Lichtkegel erhellt Christopher und Magret, die in einer Ecke weiter hinten zusammen sitzen.

Vor ihnen steht ein kleines Bett, darin schlafen unsere jüngeren Ichs. Ich gehe instinktiv ein paar Schritte näher, um zu hören, was die zwei besprechen.

»Christopher, wir müssen entscheiden, was wir mit ihnen machen. Wir können sie nicht länger dieser Gefahr aussetzen«, flüstert Magret aufgeregt. Christopher fährt sich mehrfach seufzend durch die Haare, bevor er antwortet. »Ich weiß, Liebes, aber wir können sie nicht einfach weggeben. Ich kann nicht ohne sie sein«, wispert er zurück. Ich kann den Kloß in seinem Hals hören, als er spricht. Auch mir schießen die Tränen in die Augen. »Aber ihr dritter Geburtstag ist morgen, und du weißt, was das bedeutet. Was ist, wenn wir sie nicht beschützen können? Sie wegzugeben scheint unsere einzige Chance, sie am Leben zu halten. Ich kann sie nicht ...« Magrets Stimme bricht ab, bevor sie zu Ende sprechen kann. Christopher schließt sie fest in die Arme, während die Tränen haltlos über ihr Gesicht laufen. Lenni kommt ein paar Schritte näher, bevor er direkt neben mir zum Stehen kommt und wie gebannt auf die zwei hinunter sieht. Ich kann die Tränen in seinen Augen glitzern sehen. Auch ihn scheint diese Situation wirklich mitzunehmen.

»Wahrscheinlich hast du Recht, uns bleibt wohl nichts anderes übrig«, flüstert Christopher so leise, dass man ihn fast nicht verstehen kann. Ein Knarzen von Holz direkt über uns lässt die zwei zusammenzucken. Magret löscht sofort die Öllampe, die gerade noch diese kleine Szenerie beleuchtet hat, und Christopher zieht das kleine Bett näher zu sich ran. Wir stehen im Dunkeln und lauschen den schweren Schritten, die eine Etage höher hin und her laufen. Von der Decke rieselt der Staub auf mich hinunter. Lenni ist ganz nah an mich herangerückt, und ich kann seine leisen, flachen Atemzüge hören. Ich versuche meinen Atem seinem anzupassen, damit ich nicht vor lauter Anspannung aufhöre zu atmen. Dann sind Stimmen zu hören, es sind also mehrere Personen dort oben. Männerstimmen klingen gedämpft durch die Decke. Ich kann nicht verstehen, was sie sagen, es ist mehr ein dumpfes Dröhnen. Dann wird eine Klappe aufgerissen, und ich höre Magret leise schluchzen.

Ein schwacher Lichtschein hüllt die Personen komplett ein, und sie wirken mehr wie Schatten als Menschen. Einer dieser Schatten betritt jetzt den kleinen Raum, und ich ziehe Lenni mit mir ein paar Schritte rückwärts, bis ich die Wand in meinem Rücken spüre.

Die schweren Schritte der Person, die in den Raum getreten ist, lassen den Boden unter meinen Füßen vibrieren. Ungefähr in der Mitte des Raumes bleibt er stehen und entzündet ein Streichholz. Zischend geht es in Flammen auf und beleuchtet die Stelle, wo sich unsere Eltern versteckt haben. Ich kann das breite Lächeln des Mannes erkennen, als er sagt:

»Na, da seid ihr ja!« Christopher springt sofort auf die Füße, und auch Magret stellt sich direkt neben ihn. »Och wie süß! Wollt ihr euch wirklich sträuben? Es wäre viel einfacher, wenn ihr freiwillig mitkommen würdet«, sagt der Mann gehässig und entzündet dabei eine kleine Öllampe, die er an seinem Gürtel festgebunden hat. Das gibt mir die Gelegenheit, ihn etwas besser anzuschauen. Er ist ziemlich groß, aber nicht größer als Christopher, und er ist dick, richtig rund. Nur sein Gesicht liegt immer noch im Dunkeln, also kann ich es nicht erkennen. »Wir werden auf keinen Fall freiwillig mitkommen! Also kannst du entweder direkt wieder gehen und deinem Boss ausrichten, dass er Pech hat, oder du wirst uns zwingen müssen«, blafft Christopher ihn an, doch ich kann seine Unsicherheit hören. »Ihr habt es so gewollt«, antwortet der fremde Mann. Er steckt zwei Finger in den Mund, und es ertönt ein schriller Pfiff, der zwei weitere Schatten durch die Luke kommen lässt.

Die Männer treten neben den Fremden und gehen in Lauerstellung. Christopher schiebt Magret vorsichtig hinter sich, und sie versucht so unauffällig wie möglich, das kleine Bett weiter in die Dunkelheit zu schieben. Ich kann spüren, wie sich alle Muskeln in meinem Körper anspannen. Auch Lenni neben mir macht sich bereit, um sich auf die Männer zu stürzen. Doch bevor wir überhaupt einen Schritt vorwärts gehen können, schließen sich unsichtbare Fäden um meinen Körper und fesseln mich an die Wand. Ich kann mich nicht mehr bewegen, und Lenni geht es genauso. Völlig verzweifelt, versuche ich mich zu befreien, aber je mehr ich mich wehre, umso enger schließen sich die Fäden. In der Zwischenzeit ist der Kampf vor unseren Augen in vollem Gange. Christopher muss einiges einstecken, aber er ist stark und schafft es sogar, einen der Männer zu überwältigen. Magret ist unheimlich schnell und kann den Schlägen des anderen Mannes ausweichen. Schließlich zückt einer der Männer ein Messer und versenkt dieses in Christophers Bauch.

»Nein!«, schreie ich aus vollem Hals, ohne darüber nachzudenken. Niemand scheint davon Notiz zu nehmen. Christopher sackt zusammen, und Magret gibt ein ersticktes Schluchzen von sich, während sie direkt neben ihm auf die Knie geht.

»Ihr habt es so gewollt! Los, einpacken und raus hier«, blafft der dicke Mann den anderen entgegen und dreht sich zur Luke, um den Raum zu verlassen. Der eine Mann zieht Christopher grob auf die Beine und schultert ihn dann, während der andere Magret über die Schulter wirft. Sie schreit aus vollem Hals und versucht auf den Mann einzutreten. Der schlägt ihr schließlich mit voller Wucht auf den Hinterkopf, und sie sackt reglos zusammen. Sie verlassen alle den Raum und sind verschwunden. Alles ist ruhig, nur noch unser Atem ist zu hören. Nachdem die Schritte über uns verhallt sind, lösen sich die unsichtbaren Fäden, die uns an die Wand gefesselt haben, und wir stolpern ein paar Schritte in den Raum hinein. Das Adrenalin schießt durch meinen ganzen Körper, während ich versuche, diese ganze Situation zu verstehen. Lenni steht neben mir, und sein Gesicht wird von dem Licht außerhalb der Luke angeleuchtet. Er scheint genauso verwirrt zu sein wie ich. Plötzlich raschelt es neben uns, und ich schaue in die Dunkelheit. Da fällt mir wieder ein, dass wir ja eigentlich in dem kleinen Bett geschlafen haben.

»Mami?«, flüstert eine leise Stimme. Mein Herz zieht sich schmerzhaft zusammen, als die Erinnerung an diesen Moment langsam durch mein Kopf zieht.

Das bin ich, der da ruft. Die Gefühle, die ich in diesem Moment hatte, rauschen gerade wieder durch meinen Körper, und ich fange sofort an zu zittern. Ich kann Lenni neben mir leise schluchzen hören. Wahrscheinlich wird er gerade auch an die Gefühle erinnert. »Alles wird gut. Ich nehme euch mit«, flüstert plötzlich Rosa hinter uns. Wann ist sie denn hier hergekommen? Ich habe sie gar nicht reinkommen hören. Sie reicht den zwei Jungen die Hand und verlässt mit ihnen gemeinsam den kleinen Raum. Ich starre ihnen hinterher, bis sie von dem Licht außerhalb der Luke komplett verschluckt werden. Was ist hier nur gerade passiert? Alles ging so schnell, dass mein Gehirn es noch gar nicht wirklich verarbeiten konnte. Wo sind unsere Eltern hingebracht worden? Warum wussten sie davon? »Denkst du, Rosa hat etwas damit zu tun?«, fragt Lenni. Er spricht damit meine größte Befürchtung aus. Irgendwie wirkt es gerade genauso, das macht den Schmerz in meinem Herzen nur noch größer. Der Stachel des Verrates sitzt unheimlich tief und sticht rhythmisch in meine Brust. Mir bleibt nicht viel Zeit, um mich diesem Gefühl ganz hinzugeben, als kurz nach ihrem Verschwinden ein ohrenbetäubendes Piepen ertönt. Ich versuche mit meinen Händen das Geräusch von meinen Ohren fernzuhalten.

Doch es dringt in meinen Kopf und verursacht dort einen stechenden Schmerz. Ich beuge mich langsam vorne über und drücke meine Handflächen noch fester gegen meinen Kopf, es hört einfach nicht auf.

26

Lenni

Das Piepen und der stechende Schmerz in meinem Kopf lassen plötzlich einfach nach. Ich versuche wieder ruhiger zu atmen. Wie lange soll das eigentlich noch so weitergehen? So langsam macht mich diese ganze Veranstaltung hier wirklich aggressiv. Als ich die Augen öffne, erkenne ich, dass sich die Umgebung erneut verändert hat. Wir stehen mal wieder im strömenden Regen. Durch den Regenschleier erkenne ich das Kinderheim, in dem ich mein halbes Leben verbracht habe. Endlich ein vertrauter Anblick und etwas, das ich zuordnen kann in diesem ganzen Durcheinander heute. Louis steht auch wieder neben mir, er scheint sichtlich mitgenommen von dieser letzten Situation. Ich kann auch nicht behaupten, dass es an mir spurlos vorbeigegangen ist. Besonders, dass ich ihnen nicht helfen konnte, macht mich schier wahnsinnig. Aber für ihn muss es noch schlimmer sein, da Rosa wohl eine zentrale Rolle spielt in diesem ganzen Mist hier.

Ich bin mir sicher, dass er davon nichts wusste. Mein Blick wandert von ihm weg, zurück zu dem Kinderheim. Es scheint mitten in der Nacht zu sein, denn das ganze Heim liegt im Dunkeln. Nur eine Lampe erleuchtet das Zimmer unten rechts.

Wenn ich mich nicht täusche, ist das Schmitts Büro. Eine dunkel gekleidete Person schlüpft gerade durch das schmiedeeiserne Tor. Dabei trägt sie irgendwas auf dem Arm, doch es ist zu dunkel, um etwas zu erkennen. Louis und ich haben die gleiche Idee, denn wir setzen uns nahezu synchron in Bewegung und schlüpfen ebenfalls durch das Tor und betreten das Heim durch die große hölzerne Eingangstür. Ich steuere direkt auf Schmitts Büro zu, denn ich könnte die Wege hier im Schlaf gehen. Alles sieht genauso aus, wie ich es in Erinnerung habe. Die große Holztreppe im Eingangsbereich, die in die oberen Etagen führt, die vielen Bilder an der steinernen Wand von ehemaligen Kindern und Heimleitern, die hier gelebt haben, und der große rote Läufer, der den halben Boden einnimmt. Die schwarze Holztür zu Schmitts Büro steht offen, und ich gehe einfach in den Raum hinein, dicht gefolgt von Louis. Schmitt sitzt an seinem Schreibtisch und reibt sich verschlafen die Augen.

Gegenüber steht die Person, die wir schon draußen gesehen haben. Sie trägt einen schwarzen Kapuzenmantel, von dem langsam das Wasser tropft und eine Pfütze an ihren Füßen bildet. Ich schaue mich in dem kleinen Raum um und erinnere mich an die vielen Momente, in denen ich hier Ärger bekommen habe. Den Hauptteil nimmt der große Schreibtisch ein, mit seinen aufwendigen Schnitzereien und den Stapeln Papieren, die darauf liegen. Schmitt war nie wirklich ordentlich.

An der Wand hinter dem Schreibtisch hängen drei Wandteppiche, die jeweils eines der Märchen erzählen, die auch in den Fenstern der Archive von Piemont abgebildet sind. Ich habe mich nie intensiv mit denen beschäftigt. Nur die eine Geschichte von Katina und der goldenen Burg fand ich schon immer faszinierend. Sie war ein Straßenkind und hatte keine Eltern, genau wie ich. Ihr fiel es unheimlich schwer, sich an Regeln zu halten, und sie hat immer Ärger gemacht in dem Kinderheim, in dem sie lebte. Irgendwann traf sie einen reichen Kaufmann, der ihr anbot, ihr eine goldene Burg zu schenken, wenn sie drei Sachen für ihn erledigt. Sie willigte ein, ohne vorher zu wissen, auf was sie sich einlässt. Der Kaufmann war böse, denn die Aufträge waren gefährlich.

Soweit ich mich noch erinnern kann, sollte sie unter anderem einen fremden Kaufmann überlisten, um ihm Unterlagen zu stehlen, die er für seine Geschäfte brauchte. Doch dieser Kaufmann erwischte sie dabei. Sie erzählte ihm, wer sie geschickt hat, und er überlegte sich den bösen Kaufmann mit Katinas Hilfe zu überlisten. Dafür versprach er ihr die goldene Burg und ein eigenes Haus. Sie half ihm schließlich, den bösen Kaufmann zu überlisten und auszuschalten. Am Ende bekam sie die goldene Burg und den netten Kaufmann als Partner fürs Leben. Ich fühlte mich schon immer mit Katina verbunden, vielleicht bin ich ihr deswegen so ähnlich geworden, oder die Ähnlichkeit zu ihr hat überhaupt erst mein Interesse geweckt. Keine Ahnung!

Ich lasse meinen Blick weiterschweifen und bleibe schließlich an dem Sofa hängen, das gegenüber vom Schreibtisch an der Wand steht. »Da liegen wir«, hauche ich leise und schlage mit der flachen Hand gegen Louis' Brust. »Ja, das hab ich schon bemerkt«, flüstert er zurück. »Also, diese zwei Jungen sollen hier bleiben? Was bekomme ich denn dafür, dass du sie mir mitten in der Nacht hier vorbeibringst?«, höre ich Schmitt fragen und wirble direkt zu ihm herum.

»Ich biete dir das hier, und ich biete dir meine Arbeitskraft an, ohne Bezahlung«, antwortet die Person in dem schwarzen Umhang. Ich bemerke, wie Louis die Luft zischend einsaugt, als mir klar wird, dass es Rosa ist, die da mit Schmitt redet. »Allerdings ist das alles an eine Bedingung geknüpft. Sie dürfen nicht erfahren, dass sie Brüder sind, niemals! Oder dass wir uns kennen«, sagt sie mit Nachdruck. Auf Schmitts Gesicht erscheint ein breites Lächeln.

»Das wird kein Problem sein«, antwortet er und nimmt einen Beutel mit Münzen entgegen. Rosa dreht sich um, und ich kann einen kurzen Blick auf sie werfen. Sie ist jünger als ich sie in Erinnerung habe. Es ist verrückt, sie hier zu sehen, wir standen uns nie besonders nahe, aber dass sie in all das verstrickt ist, habe ich nicht erwartet. Sie durchquert den Raum mit schnellen Schritten und bleibt dann direkt vor dem Sofa stehen. Sie beugt sich zu uns runter und flüstert: »Alles wird gut. Ihr werdet das schon schaffen.« Dann greift sie in ihre Tasche und zieht ein kleines Röhrchen hervor, in dem ein weißes Pulver schimmert. Sie schüttet etwas davon auf ihre Hand und murmelt irgendetwas vor sich hin, bevor sie das Pulver über uns pustet.

»Was war das denn?«, frage ich mit einem Blick auf Louis, der genauso fragend auf diese Szene schaut wie ich. Doch uns bleibt keine Gelegenheit, darüber wirklich nachzudenken, denn irgendwas zieht mich aus dem Büro zurück in den Flur. Auf einmal ist es Tag, und überall tummeln sich Jungen in jeder Altersklasse. Ich entdecke Louis, wie er sich durch eine Gruppe Jungs schiebt in Richtung Küche. Er muss ungefähr elf sein. Dann sehe ich mich selbst, ich lehne an der linken Wand und unterhalte mich mit einer Gruppe Jungs. Ich kann mich an keinen der Namen erinnern. Wir schauen dem jüngeren Louis nach, wie er durch die Tür verschwindet.

»Ich habe gehört, es gibt den Moment im Leben, in dem man seinen Bruder für ein paar Münzen verkaufen würde. Dieser Gedanke ist gerade in meinem Kopf zu einer echten Option herangereift«, höre ich mich selbst sagen, und die anderen fangen an zu lachen. »Du wusstest, dass ich dein Bruder bin?«, zischt Louis mich an. »Ja, Schmitt hat es mir erzählt, als ich mal wieder Ärger bekommen habe für irgendwas. Es war aber mehr aus Versehen, denke ich. Er fragte mich, warum ich nicht mehr wie mein Bruder sein könne. Mehr wie du, weil du so ein Vorbild seist, blablabla.

Dann hat er mich erschrocken angesehen und gesagt, dass ich es dir nicht erzählen soll, sonst wäre es das Letzte, was ich jemals erzählen würde. Also habe ich mich dran gehalten. Außerdem, ganz ehrlich, es wäre mir peinlicher gewesen, es dir zu sagen, als einfach den Mund zu halten. Sonst hättest du vielleicht noch mit mir Zeit verbringen wollen, und das hätte mich ja total genervt.« Gerade als ich den Satz beendet habe, wird es still um uns herum, und alle starren uns an. Wie eine verrückt gewordene Meute stürzen sie sich auf uns, und nur mit viel Mühe schaffen wir es, die ersten abzuwehren, die uns beinahe überrennen. Ich versuche Louis unter dreien rauszuziehen, die wie von Sinnen auf ihn einprügeln, doch bevor ich ihn erreichen kann, ziehen mich mehrere Hände nach hinten und reißen mich ebenfalls zu Boden. Ich rolle mich zusammen, um so viele Schläge wie möglich abzuwehren. Das Atmen fällt immer schwerer, je mehr ich abbekomme, dann stoppt es auf einmal, und um uns wird es still, unheimlich still.

27

Eva

Den ganzen Tag über habe ich nach Lenni Ausschau gehalten, doch er ist nicht mehr aufgetaucht. Ich habe kein gutes Gefühl dabei. Dass er einfach so verschwunden ist, muss eine Bedeutung haben. So langsam vermute ich, dass er doch irgendwas mit der ganzen Sache zu tun hat oder mehr darüber weiß. Der einzige Vorteil an seinem Verschwinden ist, dass ich mit Mila in allen Einzelheiten über den Traum sprechen konnte und wir uns gemeinsam den Kopf zerbrochen haben. Das hat mir wenigstens einen Teil der Last abgenommen, und ich muss es nicht ganz alleine durchstehen.

Direkt nach der Schule sind wir ins Eiscafé gegangen, in dem wir jetzt gemeinsam einen riesengroßen Erdbeerbecher teilen. Eigentlich wollten wir uns ja nach draußen setzen, doch dort tobt seit ein paar Stunden ein furchtbares Gewitter. »Psst, schau mal, wer gerade reinkam«, flüstert Mila mir zu.

Ich schaue hoffnungsvoll zu Tür. Doch es ist nicht Lenni, sondern Maik aus der Parallelklasse. Ich bin überrascht, als ich die Enttäuschung in meinem Inneren spüre. Ich versuche nicht weiter darüber nachzudenken und stopfe weiter Eis in mich hinein.

Meine Gedanken kreisen immer wieder um Louis und sein plötzliches Verschwinden, aber auch um Lenni und sein plötzliches Verschwinden. »Das kann doch nicht alles Zufall sein!«, spreche ich meinen Gedanken laut aus und Mila mustert mich überrascht. »Wir haben das doch jetzt schon mehrfach durchgesprochen oder? Vielleicht musste Lenni dringend weg, und Louis wird dir vielleicht heute Nacht, im nächsten Traum erklären können, was los war. Entspann dich endlich mal, du machst mich sonst noch total irre«, sagt Mila beruhigend. Ich weiß, dass sie vermutlich Recht hat, doch in meinem Hinterkopf fahren die Fragen weiter Achterbahn. Ich versuche sie einfach unter noch mehr Eis zu begraben. Wie viel man wohl essen muss, damit man einen ausgewachsenen Hirnfrost bekommt? Mila schafft es dann schließlich doch noch, mich mit ihren Geschichten abzulenken. Es ist nämlich wirklich anstrengend, mit ihren Gedankensprüngen mitzuhalten, wenn man noch an etwas anderes denkt.

Erst als wir uns an Milas Haustür verabschieden, kommen die Gedanken wieder mit geballter Wucht zurück in meinen Kopf. Letztendlich bleibt mir wohl nichts anderes übrig, als Louis direkt darauf anzusprechen, wenn ich ihn heute Nacht wiedersehe. Ich betrete unser Haus, und mir schlägt ein wundervoller Duft entgegen. Meine Mutter scheint zuhause zu sein, ich höre sie in der Küche singen. Ich lasse meine Schultasche an der Garderobe fallen und betrete das Wohnzimmer.

»Mama, ich bin da!«, rufe ich in die Küche. »Hallo Liebes, das Essen ist gleich fertig. Kannst du schon mal den Tisch decken?«, schallt es zurück. Ich hole zwei Teller aus dem Schrank, bevor ich sie auf dem Esstisch platziere. Kurz darauf kommt meine Mutter mit einer Schüssel voller Spaghetti zum Tisch. Wir setzen uns und fangen an zu essen. Nur mit halbem Ohr höre ich zu, als sie mir von irgendeinem Abschluss erzählt, auf den sie schon seit Monaten hingearbeitet hat. Deswegen hat sie heute Abend auch frei, bevor sie in den nächsten Wochen wieder rund um die Uhr arbeiten muss. Ich versuche so viel Interesse zu heucheln wie möglich, um nach dem Essen so schnell es geht auf mein Zimmer zu kommen und schlafen zu gehen.

Ich hoffe, dass Louis auftaucht und Licht in diese Sache mit Lenni bringen kann. Die Zeit schleicht dahin wie eine Schnecke, und es vergehen drei Stunden, bis ich endlich meine Zimmertür hinter mir schließe. Ich ziehe meinen Schlafanzug an und krieche unter die Decke. Nach einer weiteren Stunde hin und her Wälzen sinke ich endlich in den Schlaf und hoffe, dass sich Louis bald zeigt.

28

Louis

Wir sind zurück in der Bucht! Das ist der erste Gedanke, der sich wieder in meinem Kopf bildet, als ich den Sand unter mir spüre und das Wasser rauschen höre. Ich starre in den strahlend blauen Himmel direkt über mir und versuche meinen Atem zu beruhigen. Der Schmerz von den diversen Schlägen und Tritten hallt weiterhin dumpf durch meinen Körper. Doch das ist nichts im Gegensatz zu dem stechenden Verrat. Ich kann Lenni neben mir keuchen hören, wenigstens sind wir beide wieder einigermaßen heil aus dieser Sache rausgekommen. Ich schließe die Augen und versuche die letzten Stunden nochmal gedanklich durchzugehen. Unsere Eltern wollten uns vor irgendwas beschützen und wurden verschleppt, wahrscheinlich getötet. Dann ist da noch Rosa und ihr Auftauchen, sie hat uns mitgenommen und dann mit irgendeinem Pulver vollgepustet. Wahrscheinlich hatte das etwas mit dem Vergessen zu tun.

Eines ist klar, ich werde sie zur Rede stellen, wenn ich sie sehe. Trotzdem verstehe ich einfach nicht, was uns das alles zeigen sollte. Wir wissen jetzt zwar, dass wir Brüder sind, nein, sogar Zwillinge. Zumindest weiß ich es jetzt, Lenni scheint das ja schon länger zu wissen.

Die Wut steigt wieder in mir an, die ich gerade nicht wirklich an ihm auslassen konnte, da die ganzen anderen Leute auf uns eingestürmt sind. Ich rolle mich auf ihn und versuche seine Hände zu fassen. »Was soll das? Geh von mir runter, du Spinner!«, faucht er mich an. »Warum hast du mir nicht gesagt, dass wir Brüder sind? Was sollte diese Scheiße? Denkst du nicht, dass ich ein Recht gehabt hätte, das zu erfahren?«, brülle ich ihm entgegen. »Komm mal wieder runter, ja! Ich konnte es dir nicht sagen, ohne dafür mein Leben zu riskieren. Schmitt hätte mir die Seele aus dem Leib geprügelt, das Risiko konnte ich nicht eingehen. Als du dann aus dem Heim verschwunden bist, konnte ich ja wohl schlecht einfach auftauchen und dir erzählen, dass wir Brüder sind. Das hättest du mir niemals abgekauft. Außerdem warst du ein echter Kotzbrocken! Alle haben dich gemocht, du musstest nie für irgendwas kämpfen.

Alles wird dir einfach zu Füßen gelegt«, blafft er zurück und befördert mich schließlich mit einem Tritt von sich runter. Er springt sofort auf die Füße und schaut mich von oben herab an. »Da wollte ich dir wenigstens diese Information voraushaben!«, ergänzt er noch.

Ich starre ihn einfach nur an und stehe ebenfalls auf. »Ich weiß nicht, was du damit meinst, aber mein Leben war auch nicht so toll, wie du es hier gerade beschreibst. Besonders die letzten Wochen waren wirklich die reinste Hölle.« Er bricht in schallendes Gelächter aus, als ich meinen Satz beendet habe. »Ja genau! Jetzt hast du mal wirklich Ärger am Hals, und doch hast du direkt wieder Leute, die dich unterstützen, ja, dir sogar alles abnehmen würden, wenn sie könnten. Und natürlich bekommst du auch noch das Mädchen. Ist das nicht total bescheuert?« Er macht mich langsam wirklich sauer. »Denkst du, ich hätte mir das alles ausgesucht? Ja, ich habe Freunde, die mich unterstützen. Die könntest du auch haben, wenn du dich mal etwas netter verhalten würdest. Und ja, ich kriege das Mädchen, zumindest hoffe ich das, denn im Moment stehen immer noch dein Freund Sandbart und eure idiotische Mannschaft und diese Sache mit den Legenden zwischen Eva und mir.

Glaub mir, wenn ich könnte, würde ich gerade lieber mit irgendjemandem tauschen, als mein Leben zu führen!«, brülle ich ihm entgegen. Ich will jetzt unbedingt hier weg, diese ganzen Spielchen gehen mir auf die Nerven, ich habe wirklich keine Lust mehr. Lenni starrt mich einfach nur entsetzt an. »Was denn?«, zische ich ihn an. Doch er antwortet nicht. Alles, was er tut, ist starren und langsam seine Hand zu heben. Mit ausgestrecktem Zeigefinger deutet er auf irgendwas hinter mir. Sofort breitet sich ein Kribbeln auf meinem Rücken aus, das eine Gänsehaut auf meinem ganzen Körper hinterlässt. Ich drehe mich langsam um und mache große Augen, als ich sehe, wer da Lennis Aufmerksamkeit auf sich gezogen hat. Etwas entfernt stehen jeweils fünf von uns.

Sie alle haben schwarze Löcher als Augen und Schwerter in der Hand, die sie bedrohlich hin und her schwingen. Ich fürchte, das ist die Schlusssequenz. In meiner rechten Hand spüre ich plötzlich Metall, und ich schaue hinunter auf das Schwert, das ich schon in der Grotte hatte. Lenni hält ebenfalls eines in der Hand. Er schaut immer noch völlig perplex zu den Doppelgängern hinüber. Doch uns bleibt keine Zeit, lange darüber nachzudenken oder die Sache auszudiskutieren, denn die Gruppe hat sich bereits brüllend in Bewegung gesetzt.

Auf mich kommen die Lenni-Doppelgänger zu, und ich versuche, so gut es geht, die Schläge abzuwehren – bis eine der Klingen sich doch in meinen Arm bohrt. Das Metall hinterlässt eine klaffende Wunde, und der Schmerz nimmt mir kurz die Luft. Ich habe keine Zeit, die Wunde zu untersuchen, da die nächste Klinge nur knapp meine Schulter verfehlt. Ich schaffe es, zwei Lenni-Doppelgänger zu verletzen, und sie gehen zu Boden, bevor sie sich auflösen. *Bleiben noch drei!*, schießt es mir durch den Kopf. Zwischendurch höre ich Lennis Keuchen, auch er hat es geschafft, bereits zwei auszuschalten. Ich konzentriere mich auf den einen, der mit ausgestrecktem Arm auf mich zuläuft. Mit einem Sprung zur Seite schaffe ich es, ihm auszuweichen und versenke mein Schwert schließlich in seinem Bauch. Er sackt zusammen und löst sich dann auf. Ich versuche erneut nachzusehen, wie Lenni vorankommt.

Er wirkt ganz souverän in seinen Schlägen, die er präzise verteilt. Mittlerweile hat er nur noch einen Doppelgänger, mit dem er beschäftigt ist. Ich wehre den nächsten Schlag ab und schaffe es, mein Gegenüber mit einem Stoß zwischen die Rippen niederzustrecken. Plötzlich verschwinden die Schwerter, und wir stehen uns gegenüber.

Vor mir stehen zwei Lennis, und neben mir steht ein zweiter Louis. Was ist das denn jetzt? Ich schaue zwischen den beiden hin und her, doch sie sind identisch. Auch die Augen sind keine schwarzen Löcher mehr. Aber wer ist jetzt der Echte?

»Was geht hier vor?«, fragen ich und mein Doppelgänger gleichzeitig. »Louis? Wer von euch ist der Echte?«, kommt von den beiden Lennis völlig synchron zurück. »Ich bin der Echte!«, antworten wir. »Nein bist du nicht! Ich bin der Echte.« Wieder gleichzeitig, das führt doch zu nichts. Ich versuche Lenni anders ein Zeichen zu geben. Feuerbart hat mir mal erzählt, dass man mit seinen Geschwistern verbunden ist durch ein unsichtbares Band. Angeblich kann man dadurch sogar spüren, wenn der eine sich verletzt oder in Gefahr ist. Ich schließe die Augen und versuche diese Verbindung herzustellen, einen Versuch ist es wert. Es dauert einen Moment, doch dann kann ich es fühlen. Ich höre einen zweiten Herzschlag, und eine Wärme breitet sich in meinem Inneren aus. Ich spüre Verzweiflung und Einsamkeit. Langsam öffne ich die Augen und sehe ein schwaches Leuchten, das von dem rechten Lenni ausgeht. Auf seinem Gesicht erscheint ein schüchternes Lächeln. Ich vermute, er kann die Verbindung auch fühlen.

Dann ertönt ein Zischen wie das von einem Dampfkessel, und alles um uns wird in weißen Rauch gehüllt. Ich muss die Augen schließen, weil der Dampf brennt.

»Herzlichen Glückwunsch, ihr zwei!
Doch bedenkt: Die Erkenntnis wiegt schwer auf eurem Herz, doch gemeinsam werdet ihr besiegen diesen Schmerz.
Betrug und Verrat sind ein kleiner Preis, wenn Liebe im Spiel ist, wie jeder weiß. Ihr seid ein Leben lang verbunden, und habt die Bucht der Träume überwunden.«

Die Stimme aus dem Nichts ertönt in meinem Kopf, und mit ihr breitet sich Erleichterung in meinem ganzen Körper aus, endlich ist das vorbei.

29

Als ich die Augen aufschlage, stehe ich wieder an Deck der Dragonfly, und Lenni steht direkt neben mir. Ich sehe ihm die gleiche Erleichterung an, die ich auch in meinem Inneren spüre. Wir sind zurück, und wir leben, also haben wir die Legende wohl zu deren Zufriedenheit bestanden. Ich atme tief durch und sehe mich an Deck um. Jetzt erst bemerke ich Feuerbart an der Reling mit der Flüstertüte in der Hand. Ich gehe auf ihn zu und tippe ihn an der Schulter an. Er dreht sich zu mir um und mustert mich erstaunt. »Wo warst du?«, fragt er mich verblüfft. »Wir waren in der Bucht. Wir sind gerade hierher zurückgebracht worden«, antworte ich leise und zeige dabei auf Lenni, der etwas entfernt stehengeblieben ist und den Boden fixiert. Feuerbart zieht mich in eine herzliche Umarmung, die ich nur zu gerne erwidere. »Ich bin froh, dass es dir gut geht«, flüstert er mir zu. Ich spüre das warme Gefühl in meinem Inneren, das sich langsam ausbreitet. Bisher war es mir vielleicht nie so klar, wie wichtig er mir wirklich ist und wie froh ich bin, dass ich ihn habe. Als er von mir ablässt, sehe ich in seinen Augen trotzdem noch Besorgnis.

»Was ist mit Eva? Ist sie auch wieder zurück?«, fragt er schließlich. Ich schüttle den Kopf, bisher ist sie nicht zurück. Allerdings weiß ich auch nicht wirklich, wie das Ganze funktioniert. Vielleicht ist sie ja in der Grotte, oder wir müssen sie zuhause abholen, keine Ahnung. Doch im Moment haben wir wohl keine Möglichkeit, das herauszufinden. Erst mal müssen wir diese Situation mit Sandbart hier in den Griff bekommen. »Wir werden sie finden! Sobald wir Sandbart wieder los sind«, sagt Feuerbart zu mir und lächelt aufmunternd. Ich erwidere sein Lächeln, ich bin mir sicher, dass wir das zusammen schaffen. Ein Rufen von der Liberty lässt mich kurz zusammenschrecken. »Hey Feuerbart, wir haben da was unter Deck gefunden. Das gehört doch dir, oder?«, brüllt Sandbart gehässig. Ich sehe in Steves Gesicht, seine Lippe ist aufgeplatzt und sein rechtes Auge ist dick geschwollen. »Was soll das, Sandbart? Lass ihn einfach gehen. Dann können wir wieder fahren und das alles hier vergessen«, zischt Feuerbart zurück. Doch Sandbart antwortet nur mit einem kehligen Lachen. »Das glaubst du doch nicht wirklich, oder? Ich will den Schatz, Feuerbart, übergib ihn Lenni und schick ihn zurück zur Liberty, dann kannst du deinen Koch hier wieder haben.«

In seiner Aussage steckt mehr als nur dieses Angebot. Lenni schaut sich hilfesuchend nach mir um, und unsere Augen treffen sich. Ich weiß immer noch nicht, ob ich ihm wirklich vertrauen sollte, aber nach dem, was in der Bucht passiert ist, will ich ihn nicht einfach zurück zu Sandbart schicken. »Lenni kann nicht gehen. Wir müssen einen anderen Weg finden«, flüstere ich Feuerbart ins Ohr. Der schaut mich zwar verdutzt an und lässt dann seinen Blick geringschätzig über Lenni wandern, aber er nickt. »Ich denke, es ist klar, dass wir dir den Schatz nicht einfach so zukommen lassen können, oder?«, fragt Feuerbart lässig. Doch ich spüre seine Unsicherheit, es gefällt ihm nicht, dass Steve da drüben in Gefahr ist, genauso wenig wie mir. Wir brauchen ganz dringend einen Plan. Ich werfe Lenni einen Blick zu, damit er mir folgt, zur hinteren Seite des Schiffes. Eigentlich müsste dort noch ein kleines Propellerboot festgemacht sein. Vielleicht können wir den Plan von vorhin nochmal wiederholen und Steve so von der Liberty runterholen. Ich versuche ihm den Plan auf dem Weg zu erklären, und er nickt aufmerksam. Doch kurz bevor wir die Reling erreicht haben, stoppt er mich mit seinem ausgestreckten Arm an der Brust.

Ich folge seinem Blick, und mir bleibt kurz die Luft weg, als langsam mindestens zehn Männer von Sandbarts Mannschaft über die Reling klettern. Mit einem Satz springen sie auf das Deck, und augenblicklich bricht der Donner los. Ich weiche der ersten Faust aus, die direkt auf mein Gesicht zu saust. Lenni hat sich zur Seite weggerollt und ist gerade mit einem der Männer beschäftigt. Es ist wirklich verrückt, ihn jetzt als Verbündeten zu sehen und nicht mehr als Feind. Ich bin kurz abgelenkt, und so trifft mich der nächste Schlag und lässt mich ein paar Schritte zurücktaumeln. Ich spüre den Mast in meinem Rücken und das Blut an meiner Lippe. Als die Faust wieder auf mich zukommt, ducke ich mich erneut und lande selbst einen gezielten Schlag in die Nieren. Mein Angreifer ächzt kurz auf und stolpert ein paar Schritte zurück. Ich lasse ihm nicht die Zeit, sich zu sammeln und schlage ihm mit aller Kraft ins Gesicht. Ich kann trotz all dem Tumult ein leises Knacken hören, als meine Faust auf seinen Kiefer trifft. Er geht zu Boden und rollt sich zusammen. Wimmernd dreht er sich von einer zur anderen Seite. Ich denke, der hat genug. Ein Seitenblick auf Lenni macht mir klar, dass er etwas Hilfe gebrauchen könnte.

Er hat es zwar geschafft, den einen Angreifer zu erledigen, denn der liegt schon reglos in der Ecke, doch jetzt hat er es mit einem Kerl zu tun, der mindestens doppelt so breit ist wie er und drei Köpfe größer. Ich nehme mir eine Holzbohle, die auf dem Boden liegt, und stelle mich hinter den Mann. Erst hole ich weit aus und lasse dann mit aller Kraft die Bohle auf seinen Hinterkopf krachen. Das Holz springt in tausend kleine Einzelteile, doch der Pirat steht immer noch. Wütend dreht er sich zu mir um und funkelt mich böse an. Mist! So war das nicht geplant. Ich gehe ein paar Schritte rückwärts, während der Pirat immer weiter auf mich zuläuft. Plötzlich verdreht er komisch die Augen und kippt dann langsam nach vorne.

Ich springe zur Seite, damit er nicht genau auf mir landet, und er kracht auf das Deck. Als ich wieder hochschaue, sehe ich Lenni mit einer Eisenstange in der Hand. Er grinst mir entgegen und wischt sich mit einer Hand das Blut an der Lippe weg. Ich nicke ihm zum Dank zu und widme mich wieder dem Getümmel, das immer noch auf dem Deck herrscht. Wirklich jeder scheint in irgendeinen Kampf verstrickt zu sein. Ich erkenne Feuerbart, der an der Reling gerade mit einem kleineren Pirat beschäftigt ist. Es wirkt so, als hätte der Mann keine Erfolgsaussichten gegen Feuerbarts geschmeidige Bewegungen.

Er schafft es wirklich, jedem Schlag auszuweichen, und der Pirat sieht mittlerweile überrascht und müde aus. Ich kann mir das Lächeln nicht verkneifen. Hinter mir höre ich auf einmal schnelle Schritte, und ich schaffe es, mich gerade noch rechtzeitig umzudrehen, um dem Schlag meines Angreifers auszuweichen. Er schlägt weiter wie von Sinnen durch die Luft, um mich zu erreichen. Ich versuche ein Seil vom Boden aufzuheben, und in diesem Moment trifft mich dann doch eine seiner Fäuste in die Nieren, und ich stolpere ein paar Schritte vorwärts. Ich versuche den Schmerz zu unterdrücken, der langsam von der Stelle aus durch meinen Körper kriecht, während ich die Seilenden fest um meine Fäuste wickle. Ich stehe mit dem Rücken zu dem Pirat, der mich gerade geschlagen hat, was ihm wohl den Anschein vermittelt, dass ich zu sehr mit meiner Verletzung beschäftigt bin. Als ich sein Lachen ganz nah höre, drehe ich mich schnell um und trete hinter ihn. Das Seil lege ich ihm um den Hals und stemme mein Knie in seinen Rücken, während ich, so fest ich kann, das Seil nach hinten ziehe. Er strauchelt und versucht mit seinen Händen das Seil von seinem Hals zu lösen. Als er endlich aufhört sich zu wehren, lasse ich locker, und er geht schwer atmend zu Boden. Er ist bewusstlos.

Ich lasse das Seil fallen und versuche meine zitternden Hände wieder zu beruhigen. *Ich hätte ihn töten können!,* ist der einzige Gedanke, der in meinem Kopf widerhallt.

Ich frage mich, ob ich eine Wahl hatte. Wenn ich ihn nicht besiegt hätte, wäre ich jetzt wahrscheinlich tot. Trotzdem fühlt es sich furchtbar an, überhaupt darüber nachzudenken. Ich schließe die Augen und atme nochmal tief durch, als ein Kanonenschuss die Luft zum Zischen bringt. Ich öffne die Augen und schaue zur Reling hinüber. Mein Blick trifft auf Feuerbart, der mit weit aufgerissenen Augen genau in meine Richtung schaut, bevor er erst auf die Knie sinkt und dann nach vorne auf die Holzbalken kippt.

30

Alle Luft ist mit einem Schlag aus meinen Lungen heraus. Wie in Zeitlupe sinke ich auf die Knie. Für einen Moment ist mein Kopf einfach nur leer, ich weiß nicht, was ich machen soll, ich spüre nur den Schmerz, der sich in meinem Inneren durch jedes einzelne Organ frisst. Mir wird übel und kalt. Da, wo mal mein Herz geschlagen hat, scheint jetzt nur noch ein Loch zu sein. *Das hier kann gerade nicht wirklich passieren, das ist nicht möglich,* ist der erste Gedanke, der sich wieder in meinem Kopf bildet. Auf dem Deck herrscht absolute Stille, alle haben aufgehört zu kämpfen. Das Einzige, was ich höre, ist ein schrilles »Nein«. Es klingt wie der Schrei eines Kindes. Als ich langsam wieder ein Gefühl für meinen Körper bekomme, merke ich, dass ich schreie und schließe sofort meinen Mund. Langsam krabble ich über das Deck genau auf Feuerbart zu und drehe ihn vorsichtig um, bevor ich seinen Kopf behutsam auf meine Knie lege. Er öffnet seine Augen und sieht mich direkt an, doch sie sind nur noch blass, das leuchtende Blau ist verschwunden.

»Hallo Louis«, krächzt er leise.

Ich versuche alles, um nicht sofort in völliger Verzweiflung zu versinken. Ich fühle mich zurückversetzt zu dem Moment in der Grotte, als ich Pietie versucht habe zu beruhigen, um ihm den Übergang in den Tod zu erleichtern. Doch das hier fühlt sich tausendmal schlimmer an, als würde ein Teil von mir mit ihm sterben. »Hallo«, presse ich hervor. »Louis, ich habe nicht mehr viel Zeit, aber ich möchte, dass du mir jetzt genau zuhörst und meine Anweisungen genau befolgst. Hörst du?« Seine Stimme ist so schwach und leise, doch ich nicke. Als würde man jemandem in diesem Zustand irgendwas abschlagen. »Gut! Ich will, dass du die Dragonfly übernimmst. Steve wird dir dabei helfen, und die Mannschaft wird dich auch unterstützen. Außerdem sollst du deine Eva wiederfinden, und du musst auf jeden Fall den Schatz aus der Grotte beschützen. Es ist dein Schicksal, diese Legende zu erfüllen, Louis, *euer* Schicksal.« Seine Worte werden von einem Husten begleitet, und ich kann in seinem Mundwinkel das Blut glänzen sehen. Ich versuche, seine Worte im Kopf zusammenzukriegen. »Was meinst du damit? Was ist mein Schicksal? Meinst du Eva und mich?«, frage ich verwirrt. Ich kapiere gerade einfach gar nichts. Seine Augenlieder flattern, als er versucht einzuatmen.

»Es wird alles wieder gut. Wir bekommen das schon hin«, flüstere ich ihm zu. Ich bin nicht bereit, ihn gehen zu lassen, er kann mich nicht alleine lassen. Nicht jetzt, nicht in diesem Chaos. »Louis, es ist okay. Du musst sie zurückholen. Konzentrier dich darauf, und lass Sandbart nicht an diesen Schatz kommen«, haucht er leise. Ich schaue kurz auf und sehe Lenni, der sich gegenüber von mir auch auf den Boden gekniet hat und besorgt von Feuerbart zu mir schaut. Mein Kopf schwirrt von dieser ganzen Situation. Ich kann die Tränen spüren, die in meinen Augen brennen und Feuerbart nur noch verschwommen erscheinen lassen, als ich erneut auf ihn herunter sehe. Er schaut mir tief in die Augen und lächelt. Ich versuche zurückzulächeln, doch es fühlt sich mehr an wie eine furchtbare Fratze. Dann atmet er nochmal tief ein und schließt die Augen. Schließlich kippt sein Kopf leicht zur Seite. Er ist tot! Diese Erkenntnis trifft mich wie ein Schlag in den Magen. »Nein, nein, nein! Lass mich nicht alleine! Bitte, bleib bei mir«, murmle ich, obwohl ich tief im Inneren weiß, dass es keinen Erfolg haben wird. Ich ziehe ihn weiter an mich heran, so dass sein Oberkörper an meiner Brust liegt und fange an, ihn vor und zurück zu schaukeln.

Ich habe keine Ahnung, warum ich das mache, aber ich kann ihn nicht loslassen, ich will ihn ganz nah bei mir haben. Ich kann nicht akzeptieren, dass er weg ist und mich alleine zurückgelassen hat. Ich schließe die Augen und lass den Schmerz einfach zu, der in Wellen durch meinen Körper fährt und die Tränen unaufhaltsam über mein Gesicht laufen lässt. Ich kann mich nicht erinnern, dass ich mich jemals im Leben so verloren gefühlt habe.

»Louis du schaffst das, du musst dein Schicksal finden. Du bist nicht alleine!« Die gestaltlose Stimme ist in meinem Kopf. *»Es war anders geplant, aber du kannst sie wiedersehen. Sie wird auf dich warten. Du musst sie nur finden«*, flüstert sie weiter. »Aber wie? Ich kann die Dragonfly nicht übernehmen. Ohne Feuerbart kann ich sie nicht finden«, antworte ich in meinem Kopf. *»Doch, du kannst das!«*, lautet die patzige Antwort. »Ich will das aber nicht ohne ihn machen! Schickt ihn mir zurück, das könnt ihr doch bestimmt!«, blaffe ich sie an. Ich bin mir zwar nicht sicher ob die das können, aber einen Versuch ist es wert. *»Du weißt, dass wir das nicht machen können. Außerdem bekommst du Eva wieder, das sollte dir erst mal reichen.«* Natürlich will ich sie zurück, aber ich wollte dafür nicht jemand anderen verlieren.

»Das ist doch hier kein Tauschgeschäft! Ich will sie beide zurück!«, knurre ich. Das kann ja nicht wirklich so geplant sein, oder? Mich überkommt gerade ein furchtbares Gefühl.

»Nein, natürlich wollten wir das auch nicht so! Feuerbart wurde nicht durch unsere Hand getötet. Wir hatten das anders geplant. Doch du musst jetzt deinen neuen Platz akzeptieren und dein Schicksal erfüllen, Louis. Du hast keine Wahl!«, antwortet die Stimme beschwichtigend, und das schlechte Gefühl schleicht langsam wieder aus meinem Körper.

»Ich weiß aber nicht wie, ich glaube nicht, dass ich das alles ohne Feuerbart schaffe«, seufze ich schließlich und spreche meine größte Angst einfach aus. Ich weiß, dass mir die Mannschaft der Dragonfly zur Seite steht, wahrscheinlich auch Lenni und auf jeden Fall Eva, wo auch immer sie gerade ist. Doch Feuerbart hatte immer eine Lösung parat, er wusste einfach auf alles eine Antwort. Er gab mir Kraft und spornte mich an, besser zu werden, über mich hinauszuwachsen. Ich befürchte, dass ich ohne ihn einfach in ein furchtbar dunkles Loch falle, aus dem es kein Entrinnen gibt.

»Du musst lernen, an dich zu glauben, wie er an dich geglaubt hat«, antwortet die Stimme prompt. *»Falls du das nicht schaffst, ist Eva für dich verloren, und das Wiedersehen wird niemals stattfinden«*, schließt die Stimme noch trotzig an. Die Wut kriecht aus allen Poren, sobald dieser Satz in meinem Kopf gefallen ist.

Ich bin gerade wirklich nicht in der Stimmung, mich erpressen zu lassen, schon gar nicht nach allem, was die letzten Wochen passiert ist. Bisher habe ich alles, wirklich alles gemacht, was diese Stimme von mir verlangt hat. Ohne Widerworte zu geben oder groß nachzufragen. Ich bin mehr als einmal durch die Hölle gegangen, und jetzt kommt so eine Aussage. Das kann nur ein schlechter Witz sein! Ich habe genug von dieser Auseinandersetzung in meinem Kopf und öffne die Augen. Lenni schaut mich aufmerksam an, als sich unsere Blicke treffen. Ich sehe, wie ihm eine einzelne Träne über das Gesicht läuft, und sofort kommt wieder der Schmerz über den Verlust zurück in mein Bewusstsein. In meinem Inneren scheint nun ein Kampf zu beginnen. Die Wut gegen den Schmerz, im Moment habe ich keine Ahnung, wer da gewinnen kann. Mein Blick wandert wieder hinunter auf Feuerbarts leblosen Körper.

Er ist so blass und wirkt auf einmal furchtbar klein. Ich höre zwar den Schrei hinter mir, aber ich kann mich nicht bewegen. Der Schmerz über den Verlust und die ganzen wirren Gefühle lassen meinen Körper nicht mehr reagieren. Ich schließe die Augen und hoffe, dass es schnell geht. Dann ist der Schmerz verschwunden, und ich bin frei. Mein letzter Gedanke gehört Eva. Ich hoffe, sie ist in Sicherheit, wo auch immer sie gerade ist.

Epilog

Ich stehe an Deck eines großen Segelschiffes und beobachte die Männer, wie sie aufgeregt hin- und herlaufen. Alles hier kommt mir unheimlich vertraut vor, doch ich kann mich nicht erinnern. Da sehe ich ihn! Louis kniet neben einem Mann, der schwer atmend am Boden liegt. Direkt gegenüber kniet Lenni. Ich bin überrascht, ihn hier zu sehen und hoffe, dass Louis nicht gleich wieder verschwindet. Der letzte Traum hat einfach zu viele Fragen unbeantwortet gelassen. Ich gehe näher an die Szene heran und bemerke, dass ich schwebe. Ich bin also nicht wirklich hier.

»Es wird alles wieder gut. Wir bekommen das schon hin«, flüstert Louis leise. Über sein Gesicht laufen Tränen. Lenni starrt nur auf den Mann hinunter, ohne etwas zu sagen. »Louis, es ist okay. Du musst sie zurückholen. Konzentrier dich darauf, und lass Sandbart nicht an diesen Schatz kommen«, haucht der Mann zurück. Seine Stimme ist nur noch schwach. Ich spüre die Tränen in meinen Augen ansteigen.

Keine Ahnung warum, aber es fühlt sich furchtbar an, diesen Mann sterben zu sehen.

Langsam schließt er die Augen und atmet das letzte Mal aus, dann liegt er nur noch reglos in Louis' Armen. »Nein, nein, nein! Lass mich nicht alleine! Bitte, bleib bei mir«, murmelt Louis und wiegt den leblosen Körper langsam vor und zurück. Es ist einfach schrecklich, ihn so zu sehen. Auch Lenni kullert jetzt eine einzelne Träne die Wange hinunter. Ich kann meinen Blick nicht abwenden von dieser schrecklichen Szene. Plötzlich fordert ein Schrei hinter mir meine Aufmerksamkeit, und ich wirble herum. Ein Mann mit sandfarbenem Haar kommt auf Louis und Lenni zu gerannt. Er hat ein Schwert in der Hand, mit dem er wild herumfuchtelt. Ich versuche zu schreien, Louis zu warnen, doch meine Worte erreichen ihn nicht. Ich stürze zu ihm und berühre ihn an der Schulter. In diesem Moment zieht mich etwas zurück, weg von diesem Traum, weg von Louis und seinem Angreifer, wieder hinein in meinen Körper, und ich schlage keuchend die Augen auf. Ich sehe mich blinzelnd um, ich bin nicht mehr in meinem Zimmer und schon gar nicht in meinem Bett. Doch ich brauche einen Moment, um meine Gedanken zu sortieren. Langsam nimmt alles um mich herum wieder Form an.

Meine Augen treffen ein violettes Augenpaar, das im Halbdunkel aufmerksam zu mir herüberschaut.

Schlagartig stürzen alle Erinnerungen und Bilder wieder auf mich herein. Als hätte jemand das Licht angeschaltet in meinem Kopf, sehe ich wieder klar. Direkt laufen mir haltlos die Tränen über die Wangen, Feuerbart ist tot, und Louis wurde eventuell auch getötet von Sandbart. Rosa tritt aus dem Schatten auf mich zu, und ich kann nicht anders, als sie böse anzufunkeln.

»Du, du hast das alles zu verantworten! Wie konntest du nur?«, fauche ich sie an. »Ich freue mich auch, dich wiederzusehen, Eva! Mach dir keine Sorgen, es wird alles gut. Das kannst du mir glauben«, antwortet sie leise. Ich kann mir allerdings gerade nicht wirklich vorstellen, dass hier irgendwas wieder gut werden kann. Doch erst mal will ich wissen, ob Louis noch lebt, und dafür brauche ich ihre Hilfe.

Danksagungen

Natürlich gilt mein erster Dank, wieder Dir lieber Leser/ liebe Leserin. Du hast meine Geschichte zu dir geholt und meine Figuren in dein Leben, vielleicht sogar in dein Herz gelassen. Ich kann nicht mal in Worte fassen, wie viel mir das bedeutet. Ich danke Dir sehr und hoffe, dass sie Dich auch zukünftig begeistern werden.
Natürlich auch ein besonderer Dank an diejenigen, die meiner Geschichte treu geblieben sind. Es freut mich sehr, das ihr Louis und Eva auch weiterhin auf ihrer Reise begleitet.

Als ich mit dem Schreiben angefangen habe, hatte ich keine Vorstellung davon wie die Resonanz sein würde. Auch wenn ich, noch nicht eine riesige Leserschaft erreicht habe, freue ich mich über jeden einzelnen Menschen den ich mit meiner Geschichte begeistern kann. Jedem einzelnen, der durch meine Geschichten seinem Alltag entfliehen kann. Euch allen möchte ich Danke sagen!

Auch diesmal gilt mein Dank meiner Familie und den Menschen, die mir den Rücken freihalten und meine Launen ertragen, wenn die Geschichten mal wieder ins Stocken kommen.

249

Der letzte Dank gilt denjenigen, den ich dieses Buch gewidmet habe.
Die Kenner unter euch wissen, dass es nicht immer einfach ist mit Geschwistern. Man streitet, hat verschiedene Ansichten und geht auch später im Leben nicht immer in dieselbe Richtung. Sind wir ehrlich es ist oft die reinste Hölle!
Trotz allem bin ich unheimlich dankbar für meine Schwester. Erwachsen werden ist eines der schwierigsten und aufregendsten Abenteuer im Leben und ich weiß ohne dich wäre es nur halb so lustig gewesen. Ich danke dir für die coolste Band der Welt, die besten Englischstunden, mit Worten die Generationen überdauern und das Kochen exquisiter Gerichte, die niemand essen kann. Auch wenn wir nicht immer einer Meinung sind, bin ich jeden Tag dankbar das es dich gibt!

Eure

Carina

Geboren und aufgewachsen in dem wunderschönen Rheinland-Pfalz, lebt Carina Raedlein auch heute noch unweit des Rheins und genießt dort die schönen Landschaften, beim Spaziergang mit Ehemann und Hund. Im Februar 2016 erschien ihr Debütroman "Die Legenden des Wolkenreichs - Das Geheimnis der schwarzen Grotte" Mittlerweile schreibt sie fleißig, an dem letzten Band der Reihe, sowie an weiteren Projekten die in Zukunft erscheinen sollen.

Neugierige und Fans, können auf Twitter (@raedleincarina), Facebook (carinaraedlein), Instagram (carina_raedlein) oder auf der Website (www.carinaraedlein.de) alle News und Informationen nachverfolgen.

Leseprobe

Die Legenden des Wolkenreiches
Das Schicksal der Liebenden

Prolog

Die Sekunden, vielleicht sogar Minuten verstreichen und ich spüre nichts. Der Schrei von Sandbart, hallt immer noch in meinem Kopf. Wenn er es doch nur endlich hinter sich bringen würde. Ich will den Schmerz endlich loswerden, das Loch in meiner Brust soll verschwinden. Dann endlich spüre ich das blanke Metall an meinem Rücken, es durchzieht meine Haut und der Schmerz in meinem Inneren lässt nach. Jede Faser meines Körpers konzentriert sich jetzt auf meinen Rücken und die Wunde die das Schwert hinterlassen hat. Verrückterweise fühle ich mich erleichtert, der Schnitt auf meinem Rücken ist bei weitem nicht so schmerzhaft wie der Verlust von Feuerbart oder der Verrat von Rosa. Ganz zu schweigen von dem Gefühlschaos, das mich die letzten Stunden heimgesucht hat, während wir die Tortur dieser Bucht der Träume über uns ergehen lassen mussten. Ganz ehrlich, wer schafft es schon diese ganzen Informationen so einfach zu verarbeiten? Ich habe innerhalb von wenigen Stunden, meine ganze Lebensgeschichte nochmal durchgemacht und bin am Ende mit mehr Fragen zurückgelassen worden wie ich vorher hatte.

Meine Eltern wurden verschleppt, wahrscheinlich getötet, ich habe einen Zwillingsbruder. Zu allem Überfluss, ist die Frau der ich mein Leben lang vertraut habe, scheinbar eine Lügnerin und eventuell auch noch dafür verantwortlich, dass meine Eltern uns verlassen mussten.

Ich lege den Kopf in den Nacken und sauge die Luft tief in meine Lungen. Mittlerweile spüre ich mein Blut, wie es langsam warm aus der Wunde läuft. Alles andere an mir, fühlt sich eiskalt an. Sandbarts Gesicht erscheint über mir und er grinst mich bösartig an. „Willst du mir den Schatz geben oder soll ich dich hier töten und ihn mir selbst holen?", fragt er mit freudiger Stimme. Ich schließe die Augen und lasse den Kopf wieder sinken. Von mir bekommt er keine Antwort. Feuerbarts leblose Gestalt liegt immer noch auf meinem Schoß. Ich beginne, erneut ihn vor und zurück zu wiegen. „Gut wie du willst!", blafft Sandbart hinter mir. Ich kann das Schwert durch die Luft surren hören und warte einfach nur bis es auf mich niedersaust. Nach einem kurzen Moment spüre ich den Luftzug der Klinge, doch sie trifft nicht auf mich, sondern auf einen anderen metallischen Gegenstand. Das Scheppern, direkt neben meinem Ohr lässt mich zusammenzucken und verursacht ein schmerzhaftes quietschen.

Ich reiße die Augen auf, um zu sehen was beziehungsweise wer, sich da zwischen mich und meinen unmittelbar bevorstehenden Tod geschoben hat.

Es ist Lennis Gesicht das knallrot und wutverzerrt Sandbart gegenüber steht. Toll! Warum ausgerechnet er? Sein halbes Leben war ihm klar, dass ich sein Bruder bin und trotzdem hat er sich kein bisschen für mich interessiert. Doch gerade jetzt muss er sich einmischen. „Lenni geh mir aus dem Weg!", brüllt Sandbart voller Zorn, nachdem es Lenni endlich geschafft hat ihn zurück zu stoßen. „Das kannst du so was von vergessen! Auf diese Gelegenheit warte ich schon ewig!", antwortet er mit einem schelmischen Grinsen. Ich wusste ich kann ihm nicht vertrauen. Allerdings bin ich wirklich gerade nicht wählerisch, wer mich tötet! „Dann soll er ganz dir gehören!", höre ich Sandbart schnurren und er lässt sein Schwert sinken. Lenni tritt schräg hinter mich und hebt die Eisenstange über meinen Kopf. Der Blutverlust, durch die Wunde auf meinem Rücken, lässt die Umgebung langsam verschwimmen und ich erkenne nur noch Umrisse. So, geht es also zu Ende! Ich schließe meine Augen und atme nochmal tief ein.

1

Eva

Rosa steht immer noch vor mir und ich muss wirklich all meine Kraft mobilisieren um ihr nicht an die Gurgel zu springen. Die Anspannung lässt meinen ganzen Körper zittern und ich balle meine Hände zu Fäusten um wenigstens etwas davon einzudämmen. „Warum?", zische ich durch meine Zähne. Es ist die einzige Frage auf die ich wirklich gerne eine Antwort hätte. Rosa schaut mich aufmerksam an. „Was meinst du?", fragt sie zurück und ich kann die Wut spüren, die immer weiter ansteigt. Sie wabert wie ein Nebel durch meine Eingeweide. „Warum hast du das alles getan? Warum das Amulett?" Meine Stimme ist ein hysterisches quietschen. „Komm wir setzen uns, dann werde ich dir alles erzählen", sagt sie völlig unbeeindruckt. Was mich nur noch mehr kochen lässt. „Ich will mich nicht setzen! Ich will Antworten und dann muss ich Louis finden", brülle ich und erschrecke dabei vor mir selbst.

Ihre Augen haben sich geweitet wenn auch nur für einen kurzen Moment. Sie räuspert sich leise und durchquert den Raum um schließlich auf einem der Lehnsessel platz zu nehmen. Ich bewege mich kein bisschen, nur mein Brustkorb bewegt sich in einem bedrohlich, schnellen Rhythmus durch meine abgehackten Atemzüge. Als sie endlich sitzt mustert sie mich noch einen Moment und ich versuche weiterhin das Verlangen in meinem Inneren zu unterdrücken sie irgendwie zu verletzen. Ich kann mich nicht erinnern, dass ich jemals über so etwas nachgedacht habe. Gewalt anzuwenden fand ich immer primitiv und abstoßend, doch bis heute habe ich mich auch nie in so einer aussichtslosen Situation befunden. Noch nie hat mich jemand dermaßen verletzt ohne, dass ich etwas dagegen tun konnte. „Ich warte!", zische ich ihr entgegen und versuche nicht mal meine Wut zu verstecken. „Wie du willst", beginnt sie langsam. „Es wird aber eine lange Geschichte und du bist herzlich eingeladen dich neben mich zu setzen, sobald du dazu bereit bist." Sie lächelt mich an doch ich quittiere, dass nur mit einem bösen Blick. „Alles begann vor ungefähr zwanzig Jahren. Ich habe damals in den Archiven gearbeitet und war so jung und neugierig.

Ich habe die alten Geschichten und Legenden in mich aufgesogen wie ein Schwamm. Mein Leben war unbeschwert und..... Ich war einfach glücklich." Ihre Augen schauen unablässig auf die Wand direkt neben mir, doch es wirkt mehr so als würde sie hindurchschauen. Auf diese längst vergangenen Tage. Ich habe keine Ahnung auf was sie eigentlich hinaus will, aber ich nehme mir fest vor sie erst mal nicht zu unterbrechen.

„Tja, dann kam eines Tages ein Mann in die Archive. Ich hatte ihn noch nie vorher gesehen, auch nicht in Piemont selbst. Wie du vielleicht schon gemerkt hast, kann man sich hier zwar aus dem Weg gehen. Aber die Stadt ist keinesfalls groß genug, um sich niemals irgendwo zu begegnen." Ihre Augen suchen meine und ich nicke leicht. „Auf jeden fall war er groß, dunkel und hatte etwas an sich, was mich magisch anzog. Ich meine, ich war jung, vielleicht auch etwas dumm oder naiv. Aber er war so geheimnisvoll und hat mir Geschichten erzählt von seinen Reisen und einer ganz anderen Welt. Ich musste einfach mit ihm gehen, ich wollte bei seinem nächsten Abenteuer dabei sein." Ihre Worte treffen mir direkt ins Herz und in meinem Hinterkopf erscheint die erste Begegnung von mir und Louis.

Ich kann das Gefühl nachvollziehen, warum sie mitgegangen ist. Bei mir war es wahrscheinlich ähnlich „Genau das Gleiche", höhnt die kleine Stimme in meinem Hinterkopf. Sie verlagert ein wenig das Gewicht und seufzt leise, bevor sie weiterredet. „Also bin ich mitgefahren. Was soll ich sagen, es war genauso und besser als ich es mir jemals erträumen konnte. Das erste Jahr verging wie im Flug und er hat meine Welt völlig auf den Kopf gestellt. In seiner Nähe habe ich mich gefühlt, als könnte ich schweben. Doch dann wurde ich zurück auf den Boden der Tatsachen geschleudert und der Aufprall war nicht nur schmerzhaft sondern auch noch wirklich verwirrend. Es war als hätte er die ganze Zeit eine Maske getragen und sie sich plötzlich einfach heruntergerissen, um seine furchtbare Fratze darunter freizulegen." Ein Schauer durchläuft ihren Körper und ich kann die Gänsehaut auf meinem Körper spüren. Außerdem schmerzen meine Beine mittlerweile von dem Herumstehen. Ich laufe langsam zu dem Lehnsessel rüber und nehme neben ihr Platz. Sie schaut kurz auf und lächelt vorsichtig, doch ich weigere mich es zu erwidern. Das hier ist kein Friedensangebot, sondern nur eine Lösung für meine schmerzenden Beine.

„Anfangs habe ich versucht es zu ignorieren. Wie gesagt jung und naiv. Aber irgendwann konnte ich seine Geheimnisse und Bosheiten nicht mehr kaschieren.“ „Was hat er denn genau gemacht?“, platzt es neugierig aus mir heraus. Erst bereue ich meine Frage schon, als ich Rosas entsetzen sehe. Doch ich versuche meine Schuldgefühle zu unterdrücken, schließlich hat sie mit der Geschichte angefangen. „Er hat mir das Wolkenreich gezeigt und war so zuvorkommen und liebevoll. Eines Nachts, bin ich aufgewacht und hörte ihn mit jemandem im Nebenzimmer sprechen. Es ging um die Legenden, dass war mir direkt klar. Er hatte mich so oft über sie ausgefragt und ich war froh über sein Interesse, also habe ich ihm jede einzelne erzählt. An diesem Abend ging es um die Legende der Glitzerhöhle. Darin ging es um ein Paar, das Zwillinge bekommen sollte. An ihrem dritten Geburtstag müssen die Eltern zur Glitzerhöhle gebracht werden um dort einen wertvollen Schatz zu heben. Mehr Reichtümer als man jemals gesehen haben soll. Richard und der andere Mann, wollten unbedingt herausfinden wer dieses Paar ist. Um sie zu zwingen den Schatz für sie dort herauszuholen und ihn sich dann zu teilen. Ich sollte sie zu diesem Paar führen.

Natürlich habe ich mich geweigert und habe ihn verlassen, nein ich bin geflohen und habe mich versteckt." Sie unterbricht sich mit einem langgezogenen seufzen. So langsam beschleicht mich ein furchtbares Gefühl. Jedoch nur ganz leicht, ich kann es noch nicht greifen. „Mehr als ein Jahr lang, habe ich es geschafft ihm zu entkommen. Während der Zeit habe ich immer wieder die Augen offen gehalten, nach dem Paar das die Legende beschreibt. Ich fand sie schließlich, anhand ihres Namens. Wilsch, Magret und Christopher Wilsch. Dieser Name taucht in allen alten Aufzeichnungen auf. Fast jede Legende wurde von jemandem Namens Wilsch erfüllt, oder sie hatten irgendwas damit zu tun. Ich versuchte ihnen Nahe zu kommen und habe mich schließlich auch mit ihnen angefreundet. Damals war Magret im vierten Monat Schwanger. Ich denke es ist dir klar, wenn sie unter ihrem Herzen trug." Sie schaut mich erwartungsvoll an, doch in meinem Kopf erscheint kein klarer Gedanke. Irgendwas scheine ich hier zu verpassen. Ihr Blick wird intensiver und ich versuche den Nebel in meinem Kopf zu lichten. Plötzlich fällt der Groschen „Louis!", hauche ich mehr zu mir selbst. Rosa lässt neben mir sie Luft zischend entweichen. „Ja, Leider. Ich wollte sie beschützen und wir waren gute Freunde. Ich half bei der Geburt und wurde zu einer engen Vertrauten. Die zwei Jungen haben sich wundervoll entwickelt und sie waren beide ein unglaublicher Schatz. Alle waren Glücklich, nach all den Jahren und dem Verrat den ich erfahren musste, war auch ich endlich wieder Glücklich. Doch wie es so oft passiert, holte mich meine Vergangenheit wieder ein. Eines Tages begegnete ich ihm wieder und er drohte mir. Er wollte um jeden Preis wissen, wer das Paar ist und war sich sicher, dass ich mehr weiß als ich zugeben wollte. Ich konnte ihm entkommen, doch mir war nicht klar, dass er mich verfolgen lässt. Unabhängig davon, musste ich Magret und Christopher einweihen, ich musste ihnen erzählen, was über sie geschrieben steht. Dann könnten sie entscheiden, wie es weitergehen soll." Rosas Augen sehen glasig aus im schwachen Licht der Lampe. Ich spüre selbst einen dicken Kloß in meinem Hals.

„Was ist dann passiert?", flüstere ich leise. Ich will unbedingt den Rest der Geschichte erfahren und dann so schnell wie möglich Louis suchen. Wenn ich an den Traum zurück denke läuft es mir eiskalt den Rücken hinunter. Ein kleiner Teil von mir zweifelt mittlerweile daran, dass es nur ein Traum war. Ich muss ihn unbedingt sehen und wissen, dass es ihm gut geht.

Rosa atmet einmal tief durch und fährt dann fort. „Magret und Christopher entschieden fort zu gehen und ich begleitete sie. Die Jungs entwickelten sich immer mehr und es wurde immer deutlicher wer von beiden welchen Charakter hat." Über ihr Gesicht huscht ein lächeln, doch es weicht direkt einem dunklen Ausdruck. „Es war kurz vor ihrem dritten Geburtstag, als die Gerüchte laut wurden, dass Richard und seine Leute uns ganz dicht auf den Fersen waren. Ich brachte die kleine Familie in einem Haus unter weit außerhalb von irgendwelchen Städten in der Hoffnung, dass er sie niemals dort finden würde. In der Nacht, bevor sie drei wurden, haben sie Magret und Christopher dann doch gefunden. Ich habe aus etwas Entfernung zugesehen wie sie in das Haus hineingingen und konnte beobachten, wie sie mit Magret und Christopher das Haus verließen und in der Dunkelheit verschwanden. Ich weiß, ich war Feige denn ich habe mich nicht eingemischt, ihnen nicht geholfen. Das ist bis heute, dass Schlimmste für mich." Ihre Stimme bricht und ich kann die Tränen auf ihren Wangen glitzern sehen. „Was war mit Louis und Lenni?", frage ich in ihr Schluchzen hinein. „Ich habe sie da rausgeholt und in dem Heim untergebracht. Das war in meinen Augen die einzige Lösung.

Außerdem konnte ich nicht ertragen, dass sich die Kleinen an all das erinnern können. Ich suchte in alten Büchern nach einer Möglichkeit sie alles vergessen zu lassen. Wie du ja mittlerweile mitbekommen hast, bin ich in der Lage ein paar mächtige Zauber zu veranlassen. Einer davon war der Staub des Vergessens mit dem ich Louis und Lenni alle Erinnerungen nahm. Ich wollte ihnen einen neuen Anfang geben. Ohne Schmerz und Verlust, sie waren immerhin gerade mal drei Jahre alt. Ich fing gleichzeitig an, in dem Kinderheim als Köchin zu arbeiten. Ich musste ihnen nahe sein, trotz allem, konnte ich sie nicht einfach zurück lassen. Außerdem glaube ich, dass mir damals schon klar war, dass sich die Legenden irgendwann wieder zurückmelden werden.

Das vielleicht einer der Jungs, in diese ganzen Sachen hineingezogen wird. Sie wurden älter und Louis war ein echter Schatz, nicht so wie sein Zwilling. Er glitt mir immer mehr durch die Finger, umso näher ich ihm kommen wollte, umso mehr zog er sich zurück. Er war einfach sauer, auf alles und jeden und fühlte sich meistens ungerecht behandelt. Als Louis schließlich das Heim verlassen hatte und mit Feuerbart gehen wollte, musste ich reagieren und suchte ihn eines Abends auf.

Ich hatte ihn schon vorher gesehen, er war auch oft in den Archiven, deshalb war mir klar, dass er die Legenden genauso gut kannte wie ich. Er versprach mir alles zu tun um Louis zu beschützen und ich war mir sicher, dass er sich daran hält. Wie du weißt hat er das auch immer getan. Lenni war da schon etwas anderes. Ich konnte mit Sandbart noch nie wirklich gut reden, er war schon immer eine echte Flugentengrütze. Trotzdem habe ich es natürlich versucht. Auch er versprach auf seine Weise sich um Lenni zu kümmern und mehr konnte ich von ihm nicht verlangen. Wie du weißt, führte dann eines zum anderen und deshalb sitzen wir jetzt in diesem Schlamassel." Sie beendet ihre Geschichte mit einer Handbewegung die zwischen ihr und mir hin und her zeigt. „Du hast uns in diese Lage gebracht", zische ich ihr entgegen. Es macht mich wahnsinnig, dass sie wirklich versucht, uns in diesem Durcheinander Gleichberechtigt zu sehen. „Wenn es nach mir gegangen wäre würde ich mit Louis jetzt irgendwo zusammen sitzen und er wäre niemals in dieser Höhle gelandet. Vor allem wären wir niemals getrennt gewesen. Das haben wir doch alles nur dir zu verdanken." Meine Wut erreicht einen neuen Level.

„Du wolltest ihn beschützen und hast alles versaut!", brülle ich und springe von meinem Sessel auf. Ich versuche ihr mit meinem Blick klar zu machen, wie sehr ich sie gerade hasse. „Ich weiß! Vor allem hast du das Recht sauer auf mich zu sein. Du bist das Beste was Louis jemals passieren konnte, du bist sein Schicksal und er ist deines. Ich war zu blind um das zu sehen. Die Angst hat meine Sicht getrübt und ich wollte ihn vor etwas beschützen, vor dem er nicht beschützt werden musste. Aber ich kann dir versprechen, dass alles wieder gut wird. Ich habe einen Plan um alles wieder richtig zu rücken. Du musst mir glauben und ich brauche deine Unterstützung." Ihre Augen funkeln bei den letzten Worten und sie steht langsam auf, während sie mich weiterhin fragend fixiert. Ich habe keine Ahnung was ich tun soll, doch mein Kopf entscheidet ohnehin ohne mein zutun. Denn ich nicke und auf ihrem Gesicht erscheint ein schüchternes Lächeln.

2

Louis

Einfach nichts passiert, während ich auf das versprochene Ende warte. Warum kann es nicht endlich jemand hinter sich bringen? Oder ist es vielleicht schon vorbei und der Tod sieht so aus? In mir steigen die Zweifel langsam hoch, ob das mit dem Tod wirklich eine so gute Alternative zu meinem bisherigen Leben ist. Dann spüre ich ihn wieder, den Schmerz in meinem Rücken, die klaffende Wunde. Meine Gedanken verschwimmen. „Ich werde dich nicht töten", flüstert Lenni ganz nah an meinem Ohr. „Jetzt ist es endlich vorbei, Bruderherz!", schließt er etwas lauter an. Ich bin mir nicht sicher, was er davon wirklich gesagt hat und was nur Einbildung ist. Um mich herum, wird es immer kälter. Ich kann meine Hände nicht mehr spüren. Mein Kopf fühlt sich an, als wäre er mit Wackelpudding gefüllt. Ich höre Geschrei direkt hinter mir, doch ich kann die Stimmen nicht verstehen.

Als ich die Augen öffne, ist alles verschwommen und um mich herum dreht es sich. Als letztes spüre ich, wie mein Kopf auf das Holz des Decks aufschlägt. Der dumpfe schlag hallt in meinem Inneren wieder und der Schmerz zieht langsam in meinen Kopf. „Lou!" Der Schrei kommt von weit weg, als wäre er hinter einer Wand. Dann umfängt mich die Dunkelheit und ich heiße meine schmerzfreie Wunderwelt willkommen. Endlich bin ich alles los! Keine Gedanken mehr, kein Verlust und kein Schmerz.

Die Dunkelheit lichtet sich etwas und schickt sofort den Schmerz zurück. Irgendjemand macht sich an meinem Rücken zu schaffen. Auf dem Bauch liegend kann ich kaum atmen. „Hast du ihn irgendwie betäubt?", fragt eine vertraute Stimme, doch mein Kopf kann sie nicht zuordnen. „Er is sowieso völlig weg! Wat soll ich da denn noch betäubn?", antwortet jemand. Ich kann den stich spüren, jeden einzelnen Nadelstich und der Faden, der sich durch mein geschundenes Fleisch zieht. Jedes mal hinterlässt er ein brennen, dass sich bis in mein Innerstes ausbreitet. Der Versuch sie wegzustoßen oder zu Schreien, ist hoffnungslos. „Dann beeil dich und mach das fertig bevor er aufwacht!", flüstert die erste Stimme.

Ich bin dankbar, als die Dunkelheit mich wieder aus meinem Körper herauszieht. Ich verlasse meinen Körper und schwimme auf dem Nichts davon. Die Dunkelheit wird durchbrochen durch eine Frau. Also eher durch die Stimme einer Frau die ganz klar in meinem Kopf wiederhallt. „Mein kleiner Liebling. Was hast du denn diesmal angestellt?", fragt sie mich und streicht vorsichtig mit ihrer Hand über meine Wange. Ihre grünen Augen ruhen auf meinen und ich kann die Bedingungslose Liebe darin erkennen. Langsam wird sie deutlicher und ich erkenne meine Mutter. Magret kniet direkt vor mir und nimmt ein Tuch aus einer kleinen Wasserschale. Sie drückt es aus, bevor sie damit vorsichtig über mein Knie tupft. Ich schaue an mir runter und erkenne mich nicht wieder.

Meine Beine sind so kurz und ich trage eine Latzhose. „Das wird jetzt etwas brennen mein Schatz, aber dann wird es gleich wieder gut", verspricht Magret mit einem kleinen Lächeln. Ich versuche es zu erwidern, aber als das Tuch erneut auf mein Knie trifft ziehe ich die Luft zischend durch die Zähne. Sie klebt ein Pflaster auf die Wunde und küsst sanft darauf. Sofort ist der Schmerz verschwunden und sie schaut mir wieder fest in die Augen.

„Siehst du, alles wieder gut", flüstert sie liebevoll und nimmt mein Gesicht in die Hände, bevor sie mir einen Kuss auf die Stirn haucht. Ich kann mich nicht erinnern, dass ich mich jemals so sehr geliebt gefühlt habe, wie gerade in diesem Moment.

Langsam verblasst Magret und ich werde wieder in meinen eigenen Körper gezogen. Zurück zu dem Schmerz in meinem Inneren. „Wann wacht er denn endlich auf? Bist du sicher das du alles richtig gemacht hast?", fragt Lenni. Ich erkenne seinen wütenden Unterton. „Ik hab nix falsch gemacht. Er hat ne menge Blut verloren, wenn er soweit is, kommt er auch wieder zu sich!", antwortet Steve mit seinem unverkennbaren Dialekt. Doch ich kann auch hören wie genervt er ist, wahrscheinlich von Lenni. Ich versuche mich zu bewegen, doch mein Körper macht keine Anstalten zu folgen. Wenigstens kann ich wieder atmen, ich spüre die frische Luft die langsam meine Lungen füllt während ich ein und aus atme. Ich liege auf der Seite auf einem weichen Untergrund. Ein und aus, ein und aus, ich konzentriere mich auf meinen Atem bis ich wieder weggezogen werde, hinaus aus meinem Körper. Gerade rechtzeitig bevor der Schmerz den Weg zurück gefunden hat in mein Bewusstsein.

„Hey großer, kannst du alles sehen da oben?", fragt mich die vertraute Stimme eines Mannes. Ich sitze auf seinen Schultern und schaue über eine Menschenmenge hinweg. „Ja, ich kann es sehen", antworte ich kichernd. Ich schaue hinunter in Christophers Gesicht. Er blinzelt lachend zu mir hoch. „Wunderbar! Siehst du, da hinten? Da kommt Mama zurück, mit Lenni!", ruft er mir über das Stimmengewirr zu und zeigt in die Ferne.

Ich folge seinem ausgestreckten Arm und sehe, wie sie sich langsam durch die Menschenmenge schieben. Lenni sitzt auf ihren Schultern und winkt uns lächelnd zu. Auf meinem Gesicht kann ich dasselbe lächeln fühlen und die Freude die sich in meinem Körper ausbreitet und in Wellen alles erfasst. Endlich sind sie bei uns angelangt. „Mami, Mami!", rufe ich. „Hallo Mami, schön das ihr es geschafft habt", begrüßt Christopher sie und gibt ihr einen Kuss. „Ihh", flüstern Lenni und ich gleichzeitig und fangen zusammen an zu kichern. Es fühlt sich so befreiend an. Die Umgebung verblasst und sofort schießt die Leere zurück in meinen Kopf und Körper, die Dunkelheit ist zurück.

„Er ist immer noch nicht aufgewacht? Was sollen wir nur mit ihm machen? So langsam brauchen wir eine Lösung. Wir sollten zurück fahren nach Piemont."

Ich höre wieder Lennis Stimme als sich das Nächste mal der dunkle Nebel lichtet. Warum sind wir nicht schon längst auf dem Weg zurück? Ich versuche meine Augen zu öffnen und mit ihnen zu sprechen doch es funktioniert einfach nicht. „Das is net dein Schiff sondern seins! Wat machen wir wenn er aufwacht un sie suchen will? Dann sin wir eine zwei Tagereise von ihrem zuhause entfernt", flüstert Steve zurück. Seine Stimme klingt angespannt und unsicher. „Wir wissen doch gar nicht wo sie ist! Vielleicht ist sie ja auch in Piemont. Selbst wenn sie nicht dort ist, kann uns Rosa vielleicht erzählen, wo wir sie finden und vielleicht kann sie uns auch mit ihm helfen. Außerdem brauchen wir bald Vorräte es ist fast alles aufgebraucht. Wir haben keine Wahl. Dieses herumirren hier im Wolkenmeer muss aufhören", zischt Lenni ihn an. Ich wüsste zu gerne um wen es geht. Der Nebel in meinem Kopf versperrt jegliche Erinnerung.

„Un wat is mit Sandbart? In Piemont sin wir ein leichtes Ziel", blafft Steve plötzlich. „Wir sind hier draußen im Nirgendwo ein viel leichteres Ziel! Das weißt du ganz genau", nörgelt Lenni. Ich kann seine Wut fast mit Händen greifen, vielleicht ist es auch Angst.

Langsam werde ich wieder aus meinem Körper gezogen in die andere Welt, die voller schöner Erinnerungen zu sein scheint. Ich stehe barfuß im Sand und habe meinen Kopf in den Nacken gelegt. Wie ein Schwamm sauge ich die Sonnenstrahlen durch jede einzelne Pore in mich auf. Der Wind trägt ein Lachen an mich ran. Als ich langsam die Augen öffne, sehe ich sie etwas entfernt von mir. Ihre braunen Haare sind in einem Zopf zusammengefasst und schwingen im Wind, während sie fröhlich mit Diego im Kreis läuft, springt und tanzt.

Sie ist einfach wunderschön. Ihre hellbraunen Augen fixieren meine für einen kurzen Moment und ich erwidere ihr strahlendes Lächeln. Ich weiß, dass ich sie liebe, diese Liebe, die einem durch Mark und Bein geht, die einen wärmt in der Nacht, die einen an nichts anderes mehr denken lässt. Ich spüre es bis in meine Zehen und meine Fingerspitzen. Nachdem ich sie noch einen Moment beobachtet habe und wirklich jeden Zentimeter von ihrer Escheinung, in mich aufgesogen habe, mache ich mich auf den Weg zu ihr. Sie lächelt mich immer noch an und als ich direkt vor ihr zum stehen komme schlingt sie sofort die Arme um meinen Hals. Sie schaut durch ihre dichten Wimpern zu mir hoch und mein Herz schlägt direkt schneller.

Langsam beuge ich mich näher zu ihr heran und sie schließt letztendlich die Lücke zwischen uns und legt ihre Lippen auf meine. Ich habe das Gefühl in meinem Kopf explodiert ein Feuerwerk. Alle Bilder und Erinnerungen stürzen auf mich ein und ziehen im Schnelldurchlauf an meinem inneren Auge vorbei. Sofort ist der Schmerz und der Verlust zurück und trifft mich wie ein Schlag in den Magen, der mich hochschrecken lässt.

Ich öffne die Augen und zucke direkt leicht zusammen, als ich die Wunde am Rücken spüre. Ich versuche mich zu orientieren, aber es ist einfach nur dunkel, geradezu finster. Ich taste um mich herum nur um herauszufinden wo ich eventuell sein könnte. Meine Hände treffen auf einen weichen Untergrund, es dürfte ein Bett sein. Mein Hals ist so trocken und jedes Schlucken verursacht ein furchtbares brennen. Also taste ich weiter in der Hoffnung auf einen Nachttisch zu treffen, auf dem vielleicht ein Glas Wasser steht. Das gestaltet sich jedoch wirklich schwierig, da die Wunde jede zu große Bewegung direkt mit einem schmerzhaften ziehen quittiert. Ich versuche immer etwas vorwärts zu rutschen in der Hoffnung, dass ich einfach irgendwann entweder den Nachttisch oder das Ende des Bettes erreiche.

Vielleicht habe ich Glück und finde auch noch eine Lampe, um endlich zu erfahren, wo ich eigentlich bin. Nach einer gefühlten Ewigkeit die hauptsächlich von dem ständigen ziehen in meinem Rücken unterbrochen wurde da ich immer mal wieder eine Pause einlegen musste, fühle ich endlich Holz. Ich taste ganz vorsichtig darauf herum, bis ich endlich etwas Metallenes spüre. Es ist das Rädchen einer Öllampe und ich drehe daran, bevor sich leise zischend die Flamme entzündet und den Raum erhellt. Im ersten Moment muss ich wegen dem Licht blinzeln.

Ich brauche etwas um zu verstehen wo ich mich befinde, es ist mit Sicherheit eine Kabine auf der Dragonfly. Ich erkenne das dunkle braun und weinrot. Aber es ist nicht meine, denn diese hier scheint riesig. Mein Blick bleibt an einem Glas hängen, das auf dem Nachttisch steht und die Trockenheit in meinem Hals meldet sich unbarmherzig wieder zurück. Während ich das kühle Nass in kleinen Schlucken meinen Rachen hinunter laufen lasse, schaue ich mich weiter in dem Raum um. Alles kommt mir so vertraut vor und doch glaube ich, dass ich nie zuvor hier war. Langsam erhebe ich mich von der Bettkante doch meine Beine spielen nicht mit und ich sinke kraftlos zurück auf die Matratze.

Im gleichen Moment höre ich das leise Klicken der Türklinke und halte unwillkürlich die Luft an. Meine Augen fixieren die Tür, die sich in quälender Langsamkeit öffnet und alle meine Muskeln spannen sich an. Das Ziehen der Wunde auf meinem Rücken ist vorerst vergessen. Ich atme erleichtert aus als ich Steve erkenne der seinen Kopf durch den Spalt schiebt und mich erstaunt ansieht. „Lou? Du bist wach!", ruft er fröhlich. Etwas zu laut für meinen Geschmack, den seine Stimme verursacht ein dröhnen in meinem Schädel. Er durchquert den Raum mit großen Schritten und zieht mich vom Bett in eine feste Umarmung. Zischend ziehe ich die Luft ein, als seine Hände auf meine Wunde treffen und er lässt sofort los. „Entschuldige, dat hatte ich total vergessen", sagt er mit einem zerknirschten Ausdruck.

„Du Trottel!", schallt es von der Tür und ich sehe Lenni der etwas Abstand hält. Ich lasse mich zurück auf die Bettkante sinken und versuche meinen Atem zu beruhigen und den Schmerz zu unterdrücken, den Steves stürmische Umarmung in meinem Körper hervorgerufen hat. Lenni kommt langsam zu uns rüber und tritt in den kleinen Lichtkegel den die Öllampe in den Raum wirft.

Als ich ihn genau anschaue, kann ich sehen, dass sein rechter Unterarm in einen dicken Verband gewickelt ist und sein Gesicht ziert ein dunkelblaues Veilchen, doch er lächelt mich an. Ich erwidere es vorsichtig und trotzdem fühlt es sich immer noch verwirrend an. „Es ist schön dich wieder wach zu sehen", sagt er ruhig. „Danke", hauche ich leise und erschrecke vor meiner eigenen Stimme, oder besser gesagt dem was noch davon übrig ist.

„Kannst du dich erinnern was passiert ist?", fragt Lenni weiter und fixiert dabei mein Gesicht um ja keine Regung darin zu verpassen. Ich versuche angestrengt die letzten Fetzen meiner Erinnerung zusammen zu fügen und nicke schließlich. „Feuerbart ist Tod!", krächze ich leise und beide schauen zu Boden, aber sie nicken. Das Loch in meinem Inneren ist direkt wieder überdeutlich zu spüren. „Weißt du was danach passiert ist?", fragt Lenni in die Stille hinein und ich schüttele nur leicht den Kopf. Alles danach ist in einem dunklen, wirren Nebel, der sich nicht lichten lässt.

Erlebe das Ende der Trilogie in

Die Legenden des Wolkenreiches
Das Schicksal der Liebenden